D.J. GALVÃO

O DIÁRIO DAS *fantásticas* VIAGENS DE GIOVANA

#PARTIUFOZ

ILUSTRAÇÕES: BRUNA MENDES

RIO DE JANEIRO, 2019

Texto 2019 © D.J. Galvão
Ilustrações 2019 © Bruna Mendes
Edição 2019 © Editora Bambolê

Projeto gráfico: Bruna Mendes
Revisão: Gerusa Bondan
Coordenação editorial: Ana Cristina Melo
Assistente editorial: Juliana Pellegrinetti
1ª edição: agosto 2019
1ª impressão: agosto 2019

G182d   Galvão, D.J.

O diário das fantásticas viagens de Giovana : #PartiuFoz / D. J. Galvão ; ilustrações: Bruna Mendes. – 1. ed. – Rio de Janeiro : Bambolê, 2019.

160 p. : il. ; 23 cm.

ISBN 978-85-69470-58-8

1. Literatura infantojuvenil. I. Mendes, Bruna.   II. Título.

199-10-19   CDD : 028.5

Dados Internacionais de Catalogação na Publicação (CIP) Bibliotecário Fabio Osmar de Oliveira Maciel – CRB7 6284

Todos os direitos reservados e protegidos. Nenhuma parte deste livro pode ser reproduzida total ou parcialmente sem a expressa autorização da editora.

O texto deste livro contempla a grafia determinada pelo Acordo Ortográfico da Língua Portuguesa, vigente no Brasil desde 1º de janeiro de 2009.

Impresso no Brasil.

comercial@editorabambole.com.br
www.editorabambole.com.br

Para vovó Nika.

índice

1. Partiu Foz — **6**

2. Com emoção — **12**

3. Primeiro dia — **18**

4. Índia Nahara — **24**

5. Partiu Usina — **30**

6. Um pequeno sítio arqueológico — **38**

7. Perigo no parque — **44**

8. Bonecos de cera — **52**

9. Parque das aves — **60**

10. Perigo na trilha — **68**

11. Caça ao tesouro — **74**

12. *And the winner is...* — **82**

13. A lenda — **90**

14. Partiu Garganta	**100**
15. Um projeto de fuga	**106**
16. Apertem os cintos, Giovana sumiu!	**112**
17. Desvendando os segredos da gruta	**118**
18. Reação explosiva	**124**
19. A pequena índia sumiu	**130**
20. E agora, Gigi?	**138**
21. Fim desta jornada	**146**
Apêndice	**154**

1
partiu Foz

Está muito escuro! Mal consigo ver o branco nos olhos assustados da minha amiga. Ainda bem que a Manu está comigo, caso contrário, eu entraria em pânico. Como fomos nos meter nessa enrascada?

As paredes estão cobertas com um musgo frio e úmido. O chão está cheio de raízes que insistem em se enroscar nas minhas pernas. Além de escuro, parece que estamos em um labirinto, e tenho a sensação de já termos passado pelo mesmo lugar mais de uma vez.

Há mais de um caminho a seguir, e temos que tomar uma decisão a cada instante. A Manu sugeriu deixarmos uma marca na entrada de cada passagem. Assim, não vamos repetir o caminho se estivermos andando em círculos. Achei uma ótima ideia.

Neste instante, ao longe, começo a ouvir uma voz aterrorizante me chamando pelo nome. "Giovana, Giovana." Ihhh! Precisamos acelerar nosso passo! Mas a escuridão não deixa.

"Giovana, chegou a sua hora." Ouvindo isso, não há mais o que pensar. Desato a correr desesperadamente, puxando a Manu pela mão. Na bifurcação seguinte faço uma curva mais acentuada e o chão desaparece! Despencamos de uma altura enorme, naquela que parece ser uma cachoeira sem fim...

PLAFT!

Abri os olhos e estava no chão do meu quarto. De novo, eu acordei de um sonho da pior forma possível. Com a bunda no chão. Ainda bem que, desta vez, eu não bati a cabeça. Olhei ao meu redor e percebi que, em vez da Manu, eu havia puxado a fronha do travesseiro, e no lugar de raízes eu trazia o lençol enroscado em minhas pernas.

Passados alguns segundos, aquela voz "assustadora" retomou sua ladainha:

– Giovana, se apresse! – chamou meu pai. – Está na sua hora. Se você não correr, vamos nos atrasar para o voo.

Foi aí que me lembrei de tudo! Outubro, mês das crianças e, também, do mestre. Uma semana de férias, e meu pai foi convidado para apresentar um trabalho em um seminário no Paraná.

Como ele teria mesmo que comparecer a este evento, achou uma boa ideia levar a família, e de quebra convenceu meus tios, Paulo e Marcela, pais de meus amigos Manu e Felipe, para nos acompanhar no programa. A ideia parecia boa, pois iríamos conhecer as Cataratas de Foz do Iguaçu e outras coisas legais daquela região.

Mas eu confesso que aquilo que mais me motivou foi a sensação estranha que senti quando ouvi meu pai convidar para o passeio. Meu coração bateu mais forte e um calor percorreu todo meu corpo, partindo da marquinha da Cruz das Fadas.

Minha emoção foi tanta ou maior do que aquela que senti quando o pajé Kolomona, da tribo do índio Leo, me passou a missão de recuperar os cinco cristais místicos que estão desaparecidos.

Desde o nosso último encontro, às margens do Rio Negro, no ano passado, não havia recebido sinal algum que pudesse me indicar o caminho a seguir. Porém, como costuma dizer o índio Leo, neto do pajé: "nada é por acaso, pequena Gigi".

O ano passou muito rápido desde que saímos do Amazonas. Talvez, por isso, as lembranças daquela viagem estivessem tão vivas na minha memória. O dia em que conhecemos o "índio Leo", em meio a uma tempestade no Rio Negro. Depois, a forma como ele descobriu minha "marca de nascença", igualzinha à dele, que identifica os herdeiros de uma linhagem incumbida de guardar os "cristais místicos". E, finalmente, o meu encontro com o pajé Kolomona, naquela misteriosa tribo indígena.

Tanto eu como Lipe e Manu estamos conscientes da importância dos cristais místicos para a tribo. Isso explica a minha reação ao receber o convite para visitarmos Foz do Iguaçu, pois parecia ser o sinal que eu estava esperando: #PartiuFoz!

Manu e Lipe mantiveram contato com o índio Leo ao longo do ano, por meio de mensagens de texto enviadas de seus celulares. Eu, infelizmente, como ainda não tenho um celular, fico sabendo das coisas quando encontro meus amigos ou quando eles me ligam para contar as novidades. Isso me fez lembrar uma coisa:

– Mãe, pai, eu já tenho onze anos, por que não posso ter um celular? A Manu e o Lipe já têm...

– Ah, não! Não vai começar com a história do celular de novo, Giovana. Além do mais, você só tem dez anos.

– Mas, mãe, só faltam cinco meses. É como se fosse. Eu me sinto com onze.

– Só que não age como tal – interrompeu meu pai. – Você já escovou os dentes? Já trocou a roupa? Já guardou o aparelho de dentes na caixinha? Então... não tem maturidade para ter um celular e pronto.

– Pai, pode esperar um pouquinho? Eu estava falando com a

mamãe e você interrompeu – eu sabia que seria mais fácil conseguir alguma coisa se a mamãe concordasse primeiro.

– Seu pai está certo, Gi – disse minha mãe. Ela às vezes faz isso e ele também. Um concorda com o outro para me "detonar". Mas eu estava determinada.

– Mãe, na minha turma da escola todo mundo tem um celular, menos eu. Isso não é justo!

– Isso não é verdade, Giovana. Eu sei que dos vinte e cinco alunos na sua sala só oito já têm celular. Mesmo assim, só pegam o aparelho após o horário da aula, pois o colégio não autoriza a entrada de celulares. – Pronto! Mais uma vez aquele grupo das "mães do colégio", do qual minha mãe faz parte no WhatsApp, havia me entregado. Porém, não desanimei e persisti:

– Pois é justo desse grupinho dos oito que eu quero participar: "os despistados"

– Irado!

– Um, dois, três e deu, Giovana. Agora deu! Sabe quando você vai fazer parte de um grupinho chamado "os despistados"? Quando eu fizer parte do outro grupo chamado "os tontos", ou seja, nunca! – cortou meu pai. – Mais uma vez você provou que não está madura o suficiente.

Ele saiu da cozinha resmungando e foi para o quarto pegar as malas. Me dei mal. Para que eu fui dizer que o grupo se chama "os despistados"? Se eu tivesse dito que o grupo era das "maduras" ou das "Malalas", talvez tivesse dado certo.

Enquanto o celular não se torna uma realidade, o jeito é ligar para a Manu do telefone fixo mesmo. Aliás, acho que telefone fixo só existe ainda na minha casa. Estou pensando em cobrar pela visita dos meus amigos da escola, qualquer dia desses. Igual se faz em museus.

Enfim, após utilizar aquela peça de museu, eu descobri que Manu e Lipe já haviam saído de casa. Corri para juntar minhas coisas e quando voltei para a cozinha ouvi alguém abrindo a porta. Minha irmã Clara havia chegado. Nosso grupo estava completo.

2
com emoção

Acomodar todo o nosso grupo no avião não foi uma tarefa fácil. Todo mundo quer janela e ninguém quer meio. Por fim, sentamos Clara e eu, Manu e Lipe, e cada pai com sua mãe. Digo, cada pai com sua esposa. Eu, Manu e as mães nas janelas. Uhu!

Aproveitei o tempo que tínhamos antes de decolar para contar para a Clarinha nossa discussão na hora do café da manhã. Hoje ela está com 21 anos e me disse que só ganhou o seu primeiro celular com quinze anos. Apesar disso, ela achava que eu não precisaria esperar tanto tempo para ganhar o meu.

Segundo a Clara, hoje em dia o acesso a aparelhos de celular é bem mais fácil e são muitas as vantagens de se estar com um deles. Por exemplo, meu pai e a mãe da Clara sempre sabem onde e com quem ela está. Basta ligar para ela e, se tiver sinal, eles descobrem, na hora, o que é que ela está fazendo.

Pouco depois da decolagem, ainda conversávamos sobre os celulares quando o capitão começou a falar com os passageiros pelos alto-falantes da aeronave:

– Senhores passageiros, bom dia! Aqui é o capitão que vos fala. Estamos voando a 11.500 m de altitude, a uma velocidade de 930 km/h e o horário previsto para nossa chegada ao Aeroporto Internacional de Foz do Iguaçu SERIA às 12h.

– Como assim, SERIA? – perguntou o Lipe, assustado, antes que o capitão concluísse a mensagem.

– Entretanto – prosseguiu calmamente o capitão da aeronave –, durante a nossa decolagem uma luz de alerta se acendeu no painel, o que indica um problema técnico. Apesar de não aparentar ser nada grave, retornaremos ao aeroporto para uma minuciosa verificação quanto às reais condições de voo antes de prosseguirmos com a nossa viagem.

Enfim, ele concluiu de forma solene:

– Peço a todos que permaneçam sentados em suas poltronas, com os cintos afivelados, e que desliguem todos os aparelhos eletrônicos.

– Sinistro! – fui a primeira a me pronunciar.

– Não acredito nisso! – emendou o Lipe.

– #@&*!! – foi um palavrão que ouvimos lá da poltrona 24D. – Isso só acontece comigo!!

Daí em diante foi um verdadeiro muro de lamentações. Gente chorando, gente "miando", gente rezando e alguns "minhocando" pelo chão em sinal de puro desespero. Algumas pessoas congelaram, outras pediram água e outras simplesmente queriam sumir. Só que isso não era possível.

Apesar do pânico geral, eu falei para Clarinha e para os meus amigos ficarem tranquilos, porque eu havia acabado de ver meu amigo Viajante do Tempo atrás da cortina que separava o nosso corredor da cozinha do avião[1]. Estava certa de que nada iria nos acontecer e contei-lhes da sensação que tive quando soube desta viagem.

---

[1] O amigo Viajante do Tempo esteve comigo em minha primeira viagem ao passado, quando consegui assistir ao casamento de meus pais, ao lado de minha irmã. O mais irado é que, naquele dia, eu ainda nem era nascida.

Estávamos em missão. A viagem não iria terminar agora.

Os minutos que se seguiram foram os mais longos de nossas vidas e para muita gente naquele voo. Primeiro, percebemos que o avião fez uma curva de 180º. Depois, sentimos a velocidade reduzir e o avião perder altitude. Pouco tempo depois, já estávamos sobrevoando o mar. As ondas pareciam estar ao alcance de nossas mãos, de tão baixo que o capitão conduziu a aeronave.

Quando, por fim, o avião pousou seguiu-se uma salva de palmas e vivas para o capitão, que agradeceu a todos por terem escolhido aquela companhia para a viagem e disse que aguardássemos no saguão do aeroporto até que as condições de voo da aeronave fossem avaliadas. Parecia que a viagem tinha acabado sem sequer ter começado!

Enfim, saímos do avião e nos acomodamos nas cadeiras do saguão para esperar uma nova decolagem, naquela ou em outra aeronave. Dez minutos depois já estávamos entediados.

Vendo nosso estado, o pai da Manu, tio Paulo, viu que era a hora de puxar um papo para nos animar:

– Vocês sabem qual é a região do país que vamos visitar?

– Ah, não, pai! Aula de geografia, agora? Ninguém merece.

– Claro que sim, pai. Deixa de ser chato, Lipe – Manu falou para o irmão. – Estamos indo para a região Sul.

– Puxa saco – cochichou Lipe, que amarrou uma tromba em seguida.

Ninguém se importou com a falta de paciência dele e o papo seguiu.

– Eu tenho uma dúvida, tio. O Rio Amazonas que visitamos no ano passado vira a cachoeira do Iguaçu? – perguntei.

– Não, Giovana. São bacias hidrográficas diferentes. As cachoeiras de Foz do Iguaçu ficam onde os rios Iguaçu e Paraná se encontram. Aí está a origem do nome do município.

– Nome estranho, pai: I-GUA-ÇU – soletrou Lipe, que decidiu se interessar pela conversa.

– Tem alguma relação com índios, pai? – perguntou Manu.

– Tem, sim. Esse nome tem origem na língua dos índios guaranis e quer dizer rio (ü) grande (wa'su) – tio Paulo fez uma pausa, parecendo que estava pressentindo o que íamos perguntar em seguida – E, não, Lipe, o rio Iguaçu é grande, mas não é maior que o rio Amazonas – comentou olhando direto para o filho e nós caímos na gargalhada. Todos sabemos que meu primo adora misturar piadas e perguntas curiosas.

– E quem nasce em Foz é fóssil? – indagou Lipe, sem perder a chance de fazer graça.

– Nãããooo, Lipe! Você bem sabe o que são os fósseis. Quem nasce em Foz do Iguaçu é iguaçuense – respondeu tio Paulo.

– Então foram os índios que chegaram primeiro em Foz do Iguaçu? – perguntei, interessada.

– Sim, Gigi. As Cataratas do Iguaçu foram descobertas em 1542, por um capitão espanhol chamado Álvar Núñes Cabeza de Vaca, que chegou ao rio Iguaçu conduzido por índios da tribo Caingangues.

– Como assim, DE FACA, pai. O tal espanhol chegou no rio disposto a matar geral? – perguntou Lipe, parecendo mesmo impressionado.

– Poxa, Lipe, hoje você está demais. Deixa o tio acabar de falar. E tem outra coisa, não é FACA e sim VACA!

– Isso mesmo, Gigi. O sobrenome dele é Cabeza de Vaca, que significa cabeça de vaca em espanhol.

– E por que esse nome, pai? – perguntou Manu.

Ele ganhou esse título do rei da Espanha por ter colaborado em antigas conquistas na região. Em razão desse título, o emblema da família dele é a estampa de um crânio de vaca.

– *Ught*. Que nojento! – disse Manu, com cara de enjoo.

– Pois, então: lembram como foi quando conhecemos o índio Leo na Amazônia? Aquele simpático índio que nos acompanhou de guia nos passeios acabou dando verdadeiras aulas sobre o bioma da Amazônia[2]. Por isso eu acho que, se vocês quiserem saber mais, esperem os passeios que faremos, pois os guias vão explicar tudo e mais um pouco – concluiu tio Paulo.

Neste momento, os alto-falantes do saguão do aeroporto anunciavam que os passageiros do nosso voo seriam deslocados para uma nova aeronave, que já se encontrava no pátio. Aparentemente, o avião anterior não apresentava mais condições de voo.

Ao atravessarmos a pista rumo à nova aeronave, passamos ao lado do antigo avião. Tinha um monte de gente com capacetes e fones de ouvido ao lado da turbina danificada.

– Vocês viram aquilo?

– Viram o quê, Lipe?

– A turbina engoliu um urubu e teve uma tremenda dor de barriga. Ha, ha, ha.

– Como assim? Continuei sem entender.

– Eu vi um monte de penas pretas em volta da turbina e aquelas lâminas do motor estavam bem amassadas. Então...

– Chega, Lipe! Já entendi. Não sei como você consegue ver estas coisas e não ficar enjoado – falou minha tia.

Pobre urubuzinho. Estava no lugar errado, na hora errada. Ainda bem que não derrubou nosso avião. *Sinistro!*

---

[2] Agora nós vamos conhecer o Bioma da Mata Atlântica, também presente em Foz do Iguaçu. Está curioso? Então faça uma visitinha em nosso Apêndice, ao final do livro, e descubra um pouco mais sobre esse importante bioma do Brasil.

3
primeiro dia

O *resort* onde o meu pai apresentaria seu trabalho era fantástico! Além do local destinado à convenção, havia uma grande área reservada para lazer. Lazer para todas as idades!

O lugar era "Giga". Em uma planta que ficava exposta no saguão principal podia-se ver o prédio principal, com os quartos, restaurantes e o local da convenção. Tudo ficava no centro de um enorme terreno.

Ao redor, uma imensa área verde era entrecortada por espaços multicoloridos que determinavam a localização das quadras, piscinas e pistas para ciclovia e *cooper*. Estas percorriam todo o enorme perímetro do *resort*. Além disso, havia vários banheiros e bares espalhados por todo canto. Bar da Piscina, Bar do Rio e Bar da Sauna. Parecia um clube.

Todo o pessoal que trabalhava no *resort* em atendimento aos hóspedes estava muito bem vestido, com terno azul marinho para os rapazes e conjunto de terninho e saia para as moças.

Olhando para toda essa maravilha a ser explorada ficamos "energizados", tipo: elétricos! Quicando mais que milho em óleo quente.

– Vamos, pessoal, vamos logo para o quarto trocar de roupa e cair na piscina! – gritei entusiasmada.

– Não, Gi. Vamos comer primeiro. Estou com fome – discordou Lipe.

– Ah! Eu quero dar uma volta para conhecer o clube, digo *resort* – completou Manu, decidida. – Depois a gente come alguma coisa. Está cedo...

Como viu que não haveria consenso, Clara sugeriu colocarmos uma roupa de banho, passarmos no bar da piscina para tomar um sorvete, darmos uma volta na pista de *cooper*, para fazer um reconhecimento da área, e só depois disso seguirmos para o restaurante. Todos concordamos de imediato.

Nosso quarto era do tamanho da sala lá de casa! Duas camas de casal gigantes. Uma para mim e Clara e a outra para o Lipe e a Manu. Mal entramos no quarto, fomos correndo pular na cama.

Pouco tempo depois, enquanto Clara estava colocando as malas no armário, minha mãe bateu à porta e disse que nossa gritaria estava sendo ouvida até no *hall* do *resort*. Paramos por alguns segundos para respirar e ouvimos os passos da mamãe se afastando da porta. Clara olhou para a gente e deu sinal. "Cai dentro! Mas sem gritar". Pulamos até ficar sem ar. Minha irmã é um show. Irada!

Ao descermos para a área externa percebemos que, apesar de grande, seria bem tranquilo passear pelo *resort*, porque havia sinalização em todas as partes comuns. Também tinham muitas plaquinhas com a indicação "permitida a entrada apenas de pessoas autorizadas". Essas eram as que mais nos atraíam.

Seguindo a orientação das placas, em pouco tempo chegamos

até a piscina. Muiiiiito maneira! Enquanto tentávamos entender por que ela tinha diferentes formatos, nos dirigimos para o bar da piscina que ficava bem em frente e saboreamos deliciosos picolés de frutas. A barriga do Lipe, finalmente, parou de roncar.

Descobrimos mais tarde que, na verdade, não estávamos diante de uma, mas, sim, de três piscinas. Elas não tinham uma forma geométrica bem definida, porém, se eu tivesse que dar um palpite, diria que, vista de cima, elas formavam um trevo gigante com três 'folhas'.

Cada uma das 'folhas' deste trevo tinha um tema e atividades diferentes, cercada de espreguiçadeiras e guarda-sóis por todos os lados.

A 'folha' mais funda tinha trampolins em três alturas. Porém, essa área só era permitida para maiores de catorze anos. A 'folha' dos bebês e crianças menores era bem rasinha. Nessa parte da piscina podiam ser vistas diversas esculturas coloridas, em forma de bichos da fazenda. Entre estes havia cavalos, vacas, galos e porquinhos. Todos jogavam água pela boca formando vários chuveirinhos nos quais os pequenos podiam se banhar e se refrescar sem riscos.

A 'folha' da galerinha era a mais irada! Não deu para resistir. A fome ficou de lado e tivemos que mergulhar um pouquinho. Tinha dois níveis de profundidade: na parte rasa ficavam os gêiseres e na parte funda um toboágua gigante.

A gente já tinha visto gêiseres no deserto do Atacama, em fotografias que meu pai mostrou de uma outra viagem que fez com a minha mãe.

Sabíamos que, no deserto, eles eram jatos de água fervendo que vinham de dentro do solo, sem avisar o exato momento em que iriam emergir. Embora o princípio fosse o mesmo, sabíamos que o jato não poderia vir com água fervendo, para não queimar os hóspedes, é claro.

Logo se tornou uma grande diversão tentar prever onde e quando haveria a próxima "explosão" de água.

O toboágua, por sua vez, nem se fala. Muito irado! Além de suas inúmeras curvas, ele era extremamente alto. A primeira vez que o Lipe desceu, ficou sem o bermudão. Ainda bem que ele estava de sunga por baixo. Mesmo assim, ficou parecendo com um daqueles lutadores de sumô.

Nossa brincadeira foi subitamente interrompida quando minha mãe nos chamou para almoçar. A piscina havia nos desviado do plano original e o reconhecimento da área teria que ficar para depois do almoço. De toda forma, tinha valido muito a pena. Não víamos a hora de voltar para brincarmos mais na 'folha' da galerinha.

Primeiro dia

4

índia Nahara

Nosso almoço estava muito gostoso. Como em muitos lugares em que tínhamos estado antes, ali também tinha uma área reservada para os "jovens", separada do salão onde os adultos faziam as suas refeições.

Eu achava isso até melhor. Assim, não tinha aquela coisa chata do tipo: "senta direito, descruze as pernas, ponha os pés para dentro, coma com a boca fechada, não fale de boca cheia, lembre-se de comer verduras e legumes...".

Em verdade, até que não somos difíceis para comer. Minha vó Olga sempre fala: "meus netos comem de tudo". Lembro-me de certa ocasião em que o Lipe e a Manu foram almoçar lá em casa e naquele dia a vovó havia colocado agrião na salada. A Manu fez careta e disse que não tinha gostado: "Muito amargo", foi como ela reclamou.

Vovó retrucou, de imediato, e disse que todos deviam comer porque "agrião faz bem para o pulmão". Depois de alguns minutos, o Lipe, que até então permanecia quieto e pensativo, argumentou "Vó Olga, se o agrião faz tão bem para o pulmão, por que não se fazem cigarros de agrião em vez de tabaco?".

Todo mundo achou engraçado, mas o Lipe não. Disse-nos que, um dia, quando for grande, vai colocar um monte de folhas de agrião embaixo do forno, para secar, e que ficará rico vendendo remédio para o pulmão – o famoso cigarro de agrião.

Enfim, apesar de comermos de tudo, podendo escolher, fomos na opção mais gostosa: filé com fritas e sorvete de chocolate na sobremesa. Sempre! E foi justamente essa a nossa primeira refeição em Foz.

Quando terminamos de comer, um grupo muito alegre de jovens animadores do *resort* entrou no salão fazendo a maior algazarra. Ficamos sabendo, então, que eles iriam passar a conviver conosco por uma boa parte de nossa estadia.

Para quebrar o gelo, neste primeiro contato, as perguntas são sempre as mesmas: qual o seu nome, sua idade, de onde vocês vieram e por aí vai.

Depois de terem investigado a vida de quase todo mundo que estava no refeitório, chegou a nossa vez. Então, perguntaram ao Lipe qual era o nome dele.

– Meu nome é Felipe, mas pode me chamar de Lipe. Eu tenho onze anos, assim como a minha irmã, Manuela. E somos todos do Rio de Janeiro: eu, Manu, Giovana e Clara, que é irmã da Gigi, mas está almoçando com os adultos.

– Poxa, Lipe! Você vai contar tudo e não vai deixar nada para a gente? – reclamou Manu, que encontrou em mim uma feroz aliada na reclamação ao irmão.

Ele é muito tagarela! Só porque a menina que fez a pergunta era meio bonitinha... Não adianta ficar sonhando, não! Ela é muito mais velha que você e não vai querer nada com pirralho.

– Calma, calma, galerinha. Todos terão seu tempo para se apresentar. Então, pode continuar com a palavra, Manu. Podemos te chamar assim? Já sabemos que você é irmã do Lipe e que é amiga da Giovana, do Rio de Janeiro. Sabemos que tem onze anos, assim como seu irmão. Falando nisso: como assim têm onze anos? Vocês são gêmeos?

Não se pode esconder nada dessa exibida, pensei. O que você acha que eles são? Dois clones, que saíram de um tubo de ensaio no mesmo dia? Sua "assaltadora" de amigos dos outros!

– Sim – respondeu o Lipe, todo se desmanchando. – Somos gêmeos bivitelinos. Por isso somos tão diferentes. Eu sou bem mais bonito que ela, não é mesmo? Hehehe!

– Você se acha, né, Lipe? – gritamos a uma só voz, eu e a Manu.

Manu foi além. Deu-lhe um belo beliscão e começaram a brigar. A mocinha foi muito infeliz na conversa dela e, para tentar mudar o assunto, resolveu olhar para mim e perguntar:

– E você? Gigi, não é mesmo? O apelido vem de Giovana?

Pensei em lhe responder "na lata": Não, bem. É de Girafona. Não viu como sou pescoçuda? Mas me contive e confirmei com a cabeça, "gentilmente". Aí, com o próximo comentário dela, a "coisa azedou"...

– Pelo que o Lipe me disse, sua irmã está jantando com os adultos. Então ela deve ser mais velha que você.

– Isso mesmo, eu tenho 10 e ela tem 21 anos. A Clara é filha do primeiro casamento do meu pai.

Aí ela falou o que não devia...

– Entendi. Então ela é sua meia-irmã! – como se fosse muito esperta. Só que eu detesto quando falam isso e logo protestei:

– Claro que não! Ela é uma irmã por completo. Não falta nada dela. Nem um pedaço. Além do mais, quando eu nasci ela não estava pela metade.

Já ia concluir minha defesa entusiasmada em nome da Clarinha com um "sua bruxa", quando um fato inesperado me interrompeu. Uma moça que estava o tempo todo no canto do salão acompanhando nossa conversa bem de perto saiu da sombra em que se escondia e falou:

– Rapazes, as apresentações já foram suficientes. Deixem-me conversar um pouquinho com o grupo da Giovana. Podem levar os demais amiguinhos para começar as atividades na quadra de vôlei. Nós iremos para lá em seguida.

– Sim, Nahara. Até mais tarde, pessoal – o grupo se despediu e seguiu para a piscina.

Fiz bobagem, pensei. "Queimei" o nosso filme. Quem será essa moça? Nahara foi como a chamaram. Ela tinha os olhos grandes como amêndoas. A cor deles era verde-acastanhada. Ou seriam castanho-esverdeados? Sei lá! Meio verdes, meio castanhos.

A cor da pele dela era muito morena, o que deixava mais brancos os seus dentes, grandes e certinhos, que saltavam do seu rosto redondo quando sorria. O cabelo era de dar inveja: cheio e ondulado, negro como o grafite dos meus lápis da escola. Não fosse pelos olhos verdes, eu poderia apostar que havia encontrado uma índia em Foz.

– Bem, amigos, meu nome vocês já sabem. Eu sou a supervisora de recreação do *resort*. Gostaria de dar-lhes as boas-vindas e pedir desculpas pelos rapazes da animação. Em especial a você, Giovana, queria pedir-lhe desculpas pelo que eles falaram sobre a Clara.

Dizendo isso, Nahara veio em minha direção e estendeu a mão, que eu me apressei em apertar para fazermos as pazes. Entretanto, ao trocarmos o aperto de mãos, algo inesperado nos surpreendeu. Senti um fluxo intenso de energia percorrer meu corpo e alcançar a mão da Nahara. Ela também sentiu, porque deu um passo para trás, parecendo assustada.

– Nossa! Você sentiu esse choque?

– Senti, sim. Meu pai costuma dizer que isso acontece quando estou muito 'energizada'.

Falei isso, querendo parecer calma. Mas percebi que ela ficou com a pulga atrás da orelha, assim como eu.

– Bem, como ia dizendo, eu tive o prazer de conhecer Clara há pouco, no salão principal, junto com as suas famílias. Tenho certeza de que os animadores não queriam te magoar. Sua irmã é nota 10. E o seu grupo é todo muito bonito e animado. Viu, Lipe? Espero que tenham uma ótima estadia em nosso *resort*.

5

partiu usina

Nahara concluiu o que tinha a nos dizer, porém percebi que ficou cismada com o que havia acontecido. O que teria sido aquilo? Mesmo assim, tentei disfarçar e disse:

– Poxa, Nahara, eu é que peço desculpas. Não sei o que deu em mim, mas quando falam da Clarinha eu viro bicho. Nem sei...

– Mas eu sei! – disse Manu. – Já vi a Gi 'comprar' briga em festa só porque disseram que a Clara estava "queimadinha". De fato, ela estava bronzeada de praia. Tinha sido apenas um trocadilho de garoto bobo. Sabe como é? Nada a ver!

– *Bullying*, Manu. Isso se chama *bullying* – afirmou Lipe.

– He, he, he. Vocês são ótimos! Acho que vamos nos divertir bastante por aqui. Não deixem de conhecer as atrações da cidade. Já combinaram o dia das Cataratas? E o parque dos dinossauros? – perguntou Nahara, mudando o foco da conversa.

Curtimos muito conhecer a Nahara! Para nós, é como se ela fosse uma velha amiga da nossa escola. Pegamos ótimas informações sobre os lugares considerados imperdíveis e decidimos procurar nossos pais para saber qual seria a programação do dia seguinte.

Reunimos nosso grupo em uma das mesas da varanda e, entre uma guloseima e outra, fomos descobrindo qual seria nossa agenda de passeios.

No primeiro dia, meu pai não poderia ir conosco, pois teria que apresentar seu trabalho. Entretanto, ele nunca perdia a oportunidade de falar um pouquinho dos lugares para nós, mesmo que não estivesse presente.

– Então é isso, pessoal, aproveitem o passeio para conhecer a grande Usina de Itaipu. Vocês sabiam que ela não é só do Brasil?

– Como não, tio? – perguntou Manu.

– É porque esta Usina foi construída graças a uma parceria feita entre o Brasil e o Paraguai.

– Por que esses dois países, pai?

– Porque a Usina utiliza as águas do Rio Paraná, e este rio é o que separa os dois países.

– Então, o Brasil não poderia construir a Usina sozinho, sem a ajuda do Paraguai, que também usava o rio, não é? – perguntei.

– Isso mesmo, Gi! Tinha que ser os dois países, com união e muito esforço. Foi um projeto enorme, que se chamou Itaipu Binacional. E é dessa empresa que sai a maior energia limpa do planeta e que gera a eletricidade que vocês tanto gastam – meu pai comentou, rindo.

– Não entendi nada, tio. Como é que, afinal, a água da represa se transforma em energia elétrica no nosso apartamento?

– É o seguinte, Lipe: para produzir a energia elétrica, a partir da força das águas, é preciso primeiro construir uma grande barragem. Depois, desviar as águas do rio para formar um grande lago. Quando o nível do lago estiver bem elevado, abrem-se umas portinhas para a água passar e cair lá embaixo. A força produzida pela queda da água faz girar pequenas turbinas, que transformam a força da água em energia elétrica. A partir daí, vocês sabem, não é? Essa energia produzida é levada por cabos elétricos para as nossas casas.

– Ah! Acho que agora estou quase entendendo.

– Acredite, Lipe, amanhã será tudo esclarecido. Tenho certeza de que os guias do passeio e o seu pai vão tirar todas as suas dúvidas.

– Ou enlouquecer com as perguntas dele! – Manu sussurrou para mim e eu não aguentei: caí na gargalhada.

Depois dessa breve introdução sobre a Usina de Itaipu, só nos restava ir dormir e torcer para não sonhar com toda aquela água e precisar correr para fazer xixi!

***

No dia seguinte, antes das nove horas já estávamos na van que nos levaria até a Usina. O motorista era um rapaz baixinho, magro, barba por fazer, óculos escuros, e usava um boné que trazia estampada uma imagem da represa.

Ele já sabia que estávamos indo para a Usina e nos preparou uma aula sobre a sua origem para ir nos contando no trajeto até o acesso.

– Bom dia, galerinha, meu nome é Jaime e serei o seu guia nos passeios em Foz. – disse ele ao se apresentar, bastante animado para o primeiro passeio. – Vocês já sabem qual será nosso destino hoje?

– Simmm! Vamos para a Usina de Itaipu – respondemos a uma só voz.

– E vocês sabem qual é o nome do rio que alimenta a bacia da Usina?

– Simm! O Rio Paraná! – respondemos, orgulhosos de nosso vasto conhecimento.

– Vocês estão demais, hein! Agora vou ter que me esforçar, pois preciso fazer valer o meu salário – disse o Jaime, sorrindo e piscando o olho para o meu tio.

Jaime, então, nos disse que Paraná também foi escolhido como nome do Estado e nos perguntou:

– Quem sabe o que quer dizer Paraná? – seguiu-se um profundo silêncio, que só foi quebrado por Lipe, que soltou mais uma de suas pérolas:

– "Que protege do sol" – respondeu, todo dono de si.

– Onde você leu sobre isso, Lipe? – perguntou Manu.

– Em lugar nenhum – respondeu ele. – Apenas lembrei daquele "chapéu Paraná" que o vovô costumava usar e liguei as coisas. "Chapéu Paraná" quer dizer Chapéu "que protege do sol".

A gargalhada foi geral. Onde é que você encontra tanta criatividade?

– Lipe, o chapéu que meu pai usava era um chapéu panamá que, apesar do nome, é fabricado no Equador. De toda a forma, a pergunta do Jaime é sobre a origem do nome PARANÁ e não PANAMÁ.

– Boa, Lipe! Pois, vou te ajudar: Paraná, na língua tupi, quer dizer "como o mar". A escolha desse nome nos dá uma pista de como o rio era visto pelos primeiros índios da região. Parecia o mar! Gigante em volume e extensão, o rio Paraná é o 10º maior rio do planeta.

– Sinistro!

– Irado! – disse Manu.

Lá chegando, tivemos que enfrentar uma pequena fila para entrar. Porém, já dentro, ficamos espantados com o tamanho das coisas. O lago, a represa e o porto. Tudo muito grande e muito bonito também.

Fizemos então um passeio de ônibus sobre a barragem, que foi fantástico! Ao longo do caminho recebemos um monte de informações sobre a construção e o funcionamento da Usina[3].

Quando descemos do "buzão" para um pequeno lanchinho,

meu tio Paulo olhou para a gente e puxou um papo interessante sobre energia:

– Acredito que agora vocês ficaram sabendo que é a partir do volume da água aqui represada que se produz a energia elétrica na Usina. Como explicou seu pai, Giovana. E o que é mais importante é que se trata de uma energia limpa.

– E por acaso existe energia suja?

– Claro que sim, Lipe. Existem Usinas que são alimentadas por carvão e não por água – respondeu Clara.

– Então, Clara, chama-se energia limpa porque a água limpa e o carvão suja? Faz sentido. Então o sabão também produz energia limpa?

– Não, Lipe. Sabão não produz energia de espécie alguma. A energia é dita suja, principalmente, pela poluição que essa maneira de gerar energia lança na nossa atmosfera. Qual seria outra forma de energia limpa que vocês conhecem?

– A energia eólica.

– Você não vale, irmã! Você sabe tudo.

– Eu sei uma 'suja', pai. A energia dos combustíveis de carro.

– Muito bem, Manu. Estes são os chamados combustíveis fósseis, derivados do petróleo, que têm origem nos restos dos antigos dinossauros que habitaram a terra. E por que é tão importante utilizarmos cada vez mais a energia limpa e deixarmos o carvão e o petróleo onde estão guardados? Alguém sabe?

Depois de alguns segundos de silêncio, meu tio prosseguiu.

– Giovana, você gosta de tomar café com leite, não é?

– Sim, tio. Mais leite que café, para ficar bem clarinho. Com leite frio e pouco café quente. Gosto dele bem morninho.

– Muito bem. Entendi. Agora, imagine se, a cada dia, a sua mãe

---

[3] Ainda está curioso sobre como foi a construção dessa Usina? Então dê um pulinho no apêndice ao final do livro e descubra mais curiosidades sobre esta obra gigante da engenharia nacional.

passar a colocar uma quantidade maior do café quente e menor do leite frio na sua xícara. O que vai acontecer depois de algum tempo?

– Ela vai brigar com a mãe dela! – respondeu Lipe, apressadamente.

– Não – corrigiu Manu. – O leite vai ficar cada vez mais quente e escuro. Não é isso, pai?

– Isso mesmo, Manu. Assim acontece com a nossa biosfera. Se a cada dia lançarmos mais poluição no ar, cada vez mais a temperatura vai subir e o oxigênio nele vai diminuir.

Estávamos assim entretidos, conversando, quando senti um arrepio percorrer o meu corpo e uma energia estranha vibrando em meu sinal da Pedra das Fadas. Foi como se alguém tivesse passado por trás de mim. Ao me virar para ver de que se tratava, vi um vulto virar a esquina e entrar na loja de conveniências.

– Vocês viram? – perguntei, assustada.

– O que, Gigi? – perguntou Clara.

– O carinha que passou por aqui e entrou na loja.

– Eu não vi nada. Eu estava bem olhando para você, mas não vi ninguém passar – respondeu Lipe, com os olhos esbugalhados.

– Sinistro – falei, e me levantei em seguida.

Clara e os guardiães também se levantaram e me seguiram, curiosos para ver o que estava acontecendo. Dentro da loja de conveniências olhei ao redor para ver se identificava algo diferente e vi meu amigo, o Viajante do Tempo, ao lado do caixa.

Fui até lá, mas, ao passar por um grupo de adultos que atravessou à minha frente, não o encontrei mais. Ele havia sumido, como se fosse um fantasma.

No lugar em que estava parado antes de desaparecer eu encontrei um estande com prospectos de shows, passeios e restaurantes da região.

– Giovana, o que foi? – perguntou Clara.

– Ele esteve aqui! – respondi, nervosa. – O Viajante do Tempo estava aqui, olhando para mim!

Todos ficaram quietos, olhando em volta para ver se o encontravam. Foi quando Manu notou algo.

– Olhe, Gi, tem um folder caído no chão – disse, já se abaixando para pegá-lo. – Diz aqui: "Museu da Terra Guarani".

– É isso! Ele quer que a gente vá visitar esse museu. Vamos lá? – perguntei ao grupo.

– Por que não? – respondeu Clara – Vamos falar com o seu tio e perguntar se ainda dá tempo de ir lá hoje mesmo!

6

um pequeno sítio arqueológico

Não foi difícil convencer meus tios de que queríamos visitar o Museu da Terra Guarani, apesar de ele estar no Paraguai. Em verdade, acho que eles até gostaram de ver nosso súbito interesse por um museu. Afinal, geralmente é um sacrifício nos arrastar para um.

Meu tio achou bom, pois passaríamos pela "Ponte da Amizade", que liga o Brasil ao Paraguai. Tomamos conhecimento da importância da ponte para os dois países e ficamos espantados com a multidão que a atravessa todos os dias, em ambos os sentidos.

A chegada ao Paraguai foi bem tumultuada, e comecei a achar um mico de programa. Coloquei o grupo na maior roubada, pensei. Mas não podia desistir naquele momento. Tinha o pressentimento de que estava no caminho dos cristais.

Mais algum tempo de estrada e chegávamos à entrada do Museu. Teríamos pouco mais de duas horas de visita antes de começar a escurecer, por isso precisávamos ser objetivos. Mas, afinal, o que estávamos procurando? Mais uma vez precisava contar com um sinal do meu amigo Viajante.

Dentro do Museu, cada um de nós seguiu para um lugar diferente. Não havia um caminho certo a seguir. Eram corredores amplos, à meia luz, com diversos recursos de mídia para explicar a formação da bacia de Itaipu.

O que era exibido estava cercado por cordas de isolamento ou dentro de caixas de vidro. Eu estava seguindo o fluxo dos visitantes do Museu quando vi meu amigo Viajante se destacar do meio daquela turma e entrar em uma das salas. Nela, estavam expostos diversos objetos encontrados na área que foi inundada para formar a bacia hidrelétrica.

O Viajante estava parado, olhando algumas cerâmicas expostas dentro de um compartimento fechado por uma caixa de vidro. Não tinham nada de muito bonitas, mas eram parecidas. Com o mesmo estilo. Exceto uma.

Quando me virei para perguntar ao meu amigo se ele sabia o porquê de aquela peça ser tão diferente, ele tinha sumido! Confesso que já estava ficando irritada com isso. Em seu lugar tinha uma mocinha, com crachá de funcionária do Museu.

A moça era uma espécie de guia do local que, por alguma razão inexplicável, havia se aproximado de mim. Talvez por não entender o que eu estava fazendo ali, sozinha. Ou para saber se eu estava perdida. Ou, quem sabe, instruída pelo amigo Viajante a se aproximar para me ajudar no que eu precisasse. Enfim, não importa qual o motivo, eu aproveitei e perguntei:

– Moça, poderia me dizer o que são essas peças que estão aí dentro?

– Claro que sim. Qual o seu nome? Você está perdida?

– Meu nome é Giovana, mas pode me chamar de Gigi. Não estou perdida, não. Estou aqui com minha irmã, meus tios e amigos.

– Achei muito bacana o seu interesse pela cultura guarani.

– Gosto muito de histórias de índios e fiquei curiosa para saber se essas cerâmicas eram usadas por eles.

– Sim, Gigi. Você está certa. São vasos, potes e pratos que representam bastante bem a tradição ceramista tupi-guarani. Todas essas peças foram encontradas ao redor da área inundada pela bacia formada para a represa de Itaipu. Algumas foram encontradas antes e outras depois de o nível da água subir.

– Mas, moça, por que aquele jarro dali tem a borda tão diferente? – perguntei, apontando a peça que tinha uma espécie de corda colada no lugar da borda, enquanto todas as outras peças expostas tinham a borda lisa.

– Aquela peça, em especial, é a única que não foi 100% identificada pelos historiadores do Museu. Não está relacionada a um sítio arqueológico específico e não se pode dizer que seja de uma tribo guarani. Mas se encontra exposta por sua beleza e por ter sido encontrada nas imediações da área da bacia.

Depois disso eu agradeci e permaneci alguns instantes ali, parada, refletindo no que ela havia acabado de dizer. Por que razão eu teria sido levada até ali? Isso estava muito mal explicado.

Eu estava parada há algum tempo olhando as cerâmicas quando, mais uma vez, pressenti a presença do meu amigo Viajante. Desta vez, alguma coisa me impulsionava de volta à entrada do Museu. Saí da sala das cerâmicas e caminhei contra o fluxo dos visitantes. Todo mundo me achando maluca:

– Aonde você vai, Gi? – escutei Clara passando por mim.

– Agora não dá para explicar, "imã".

– Volte aqui, Giovana, a gente já viu tudo que tem por aí.

– Seu tio está certo – emendou minha mãe.

– Já está na hora de voltarmos. Lipe! Volte já para cá.

O que minha tia disse foi a última coisa que ouvi antes de perceber que o Lipe não tinha pensado duas vezes antes de se decidir por me acompanhar. Que bom era poder contar com a companhia dele!

– Não vou te deixar sozinha, Gi. Foi o Viajante de novo, não foi?

– Acho que sim, Lipe. Mas ainda não sei dizer o porquê.

Quando entramos na sala em que estava a maquete da bacia da hidrelétrica, o Viajante já estava me aguardando. Parei instantaneamente ao vê-lo envolto em um brilho intenso de luz, como se um carretel de finas linhas verdes e vermelhas o envolvesse. O salão estava repleto de gente falando, rindo e conversando. Entretanto, passavam por ele sem nada perceber.

Não sei ao certo por quanto tempo permanecemos assim, olhando um para o outro. Dessa vez, consegui ver os seus olhos amendoados, grandes e profundos, mirar o seu sorriso contido, guardar o contorno do seu rosto arredondado e reparar que ele era bastante cabeludo. Cabelos longos, negros, lisos e brilhantes. Bonito, muito bonito! Ele me lembrava alguém que já havia visto antes, mas...

O burburinho que estava no salão foi diminuindo, pouco a pouco. Apesar de permanecer lotado, o salão onde estava a maquete foi mudando de forma e conteúdo. De um instante para o outro eu comecei a sentir meu corpo formigar e só enxerguei a mim e ao Viajante naquela área enorme.

Um feixe de luz intenso e das mesmas cores que envolvia o Viajante partiu de seu corpo formando espirais, rodopiou no teto do salão e desceu como um raio caindo sobre um ponto específico da maquete.

Eu sabia, em meu íntimo, que aquele era o local onde estaria escondido o próximo cristal. Por isso, comecei a andar naquela direção para tentar identificar que lugar seria o que o raio estava apontando. Quando cheguei mais perto e reconheci o ponto indicado, todas aquelas cores, energia e vibração que ocupavam o salão da maquete sumiram!

Tomei o maior susto! O burburinho das pessoas falando, sorrindo e caminhando de um lado para o outro explodiu em meus ouvidos como um tiro de canhão. O Viajante havia desaparecido e levado com ele o seu raio de luz. Eu ainda estava atordoada com tudo aquilo quando ouvi o Lipe, ansioso, perguntar:

– Fale comigo, Gi, está tudo bem?

– Está – murmurei – Agora podemos ir.

– Como assim?

– Já sei por que estivemos aqui. Estamos no caminho certo.

7
perigo no parque

No dia seguinte, meu pai havia concluído a sua participação no seminário e, finalmente, se juntaria a nós. Na hora do café da manhã estávamos nos sentindo como grandes exploradores rumo a uma nova aventura.

Meu tio não aguentou de tanta curiosidade e perguntou para o Lipe o porquê de a mochila dele estar vazia enquanto que as nossas pareciam estar tão cheias.

– É porque a minha eu ainda vou encher.

– Como assim? – estranhou tio Paulo.

– Vou levar um lanchinho, que vou pegar no *buffet*.

– Ai, que vergonha! – interveio tia Marcela. – Não faça isso, Lipe. Modos e educação.

– Mas, mãe! Só para o caso de necessidade!

– Sua necessidade é constante. Esse é o problema – falou Manu.

– Ah! Manu, larga do meu pé. O que você está levando aí, suas bonecas?

– Deixe de ser chato, Lipe. Você sabe que há muito tempo não carrego minhas bonecas.

Dizendo isso, ela abriu sua mochila e mostrou o que estava levando: duas escovas de cabelo, um pente, um monte de "chuchinhas", iPad, celular, carregador de celular, duas camisetas, um short, um casaco, dois bonés e um pacotinho misterioso. Tudo separado em saquinhos de *zip lock*.

– Você pirou, Manu? Está de mudança? – perguntou o irmão. – Para que tudo isso? Sua mochila deve estar um chumbo! Para que dois bonés? Quantas cabeças você tem?

– Um é para você, seu ingrato! Estou levando porque sei que quando chegar lá você vai querer usar o meu.

– E esse saquinho aí, o que é?

– Meu kit de costura. Vai que alguma roupa minha rasga ou cai um botão...

– Está brincando? Você não existe, Manu – falei, rindo. – E por que está tudo em saquinhos plásticos?

– Vai que chove! Lembra-se da chuva que pegamos no Rio Negro? Assim, vai ficar tudo sequinho – concluiu, orgulhosa, piscando o olho para mim.

– Então, guarda umas barrinhas de cereais no seu saquinho para mim? – perguntou o irmão, abusado.

– Guarde você mesmo. Tome dois saquinhos.

– Isso, sim, é que é ser prevenida! – concluiu meu tio, já direcionando para mim a pergunta seguinte:

– E você, Giovana? O que vai levar em sua mochila?

– Bem, eu... Só estou levando coisas de menina – respondi, desconversando.

Apesar de não entender o que eu queria dizer com aquilo, meu tio se deu por satisfeito e concluiu seu interrogatório. Percebi que Clarinha já estava com o olhinho tremendo, o que indicava que ela estava desconfiada de algo.

– "Coisas de menina"? Desde quando você leva coisas de menina para os nossos passeios? – perguntou Lipe.

– Isso mesmo, amiga. Ele tem razão. O que você está trazendo em sua mochila?

– Bem, eu... Ok! Podem dar uma olhada.

Então lhes mostrei o conteúdo da mochila, que tinha: um estilingue, 4 bolas de gude, dois walkietalkies, um mapa da região, um binóculo, um boné, o diário da viagem no Rio Negro e, é claro, o saquinho com os cristais místicos que usei quando fiz a viagem de volta no tempo, lá na Amazônia[4].

– Não acredito! Você acha mesmo que vamos encontrar algum dos cristais perdidos em Foz? E... você pretende atirar bolas de gude em quem? Em mim? – perguntou Lipe.

– Você bem que merece, viu? – respondi a ele. – Acho que sim! Estou certa de que vamos encontrar alguma pista sobre os cristais em Foz; caso contrário não teria sentido nada quando soube que viríamos para cá. Minha marca da Cruz das Fadas quase saltou das minhas costas quando meu pai falou desta viagem.

– Mas, Gi, como é que algum desses cristais teria chegado tão longe da Amazônia? – perguntou Manu.

– Isso eu espero descobrir. Tudo a seu tempo. E lembre-se do que dizia o índio Leo: nada é por aca...

– *Burp*!!

– Jesus, Lipe! Deixe de ser faminto. Já vamos comer – eu disse para ele, ao mesmo tempo em que guardava meus "itens de passeio".

Após o café da manhã, seguimos para a van que nos levaria ao

---

[4] Naquela viagem que fiz no Rio Negro, eu usei a Turmalina e a Kunzita, que, combinadas com o sinal que carrego comigo, da Cruz das Fadas, possibilitaram minha viagem no tempo, como havia sido orientado pelo índio Leo. As fotos destes cristais estão no apêndice.

museu de cera e ao parque dos dinossauros. A van comportava exatamente o nosso grupo. Papai e Clara foram na frente com o guia. Eu, Manu e Lipe na fila de trás, mamãe e os pais da Manu no "fundão".

No caminho para o nosso destino o guia contou-nos que tinha passado uma noite mal dormida, pois havia ajudado a receber Nena, uma onça-preta que vinha transferida de Goiás para o Refúgio Biológico Bela Vista, em Itaipu.

Nosso motorista, então, nos explicou que ele era estudante de Veterinária e que pretendia se especializar no tratamento de grandes felinos. Perguntamos a ele se no Parque Nacional do Iguaçu havia muitas onças, já com medo de nos depararmos com alguma pelo caminho. Ele, porém, nos tranquilizou, dizendo que por onde iríamos passear seria impossível ficarmos 'cara a cara' com um desses animais.

– A onça-pintada é o símbolo de nosso parque, apesar de fazer parte da lista dos animais em extinção – falou o motorista. – Para se ter uma ideia, das 164 onças-pintadas que existiam em 1995 apenas dezoito continuavam a ser monitoradas vinte anos mais tarde.

– E onde foram parar as outras? – perguntei.

– Foi o seguinte: ao longo dos anos, a rotina para os animais tem sido muito cruel. O parque conta hoje com mais de setenta "armadilhas fotográficas"[5]. Elas registram, em fotos, as imagens dos mais diversos animais que transitam pela mata. O que se tem observado é que os animais que servem de alimento para as onças estão sumindo.

– E que animais são esses? Os gatos da vó Fedrinha só comem atum e ração – disse Manu.

– Diferentemente dos gatos da sua avó, Manu, as onças são

---

[5] Armadilhas fotográficas são câmeras fotográficas que podem ser acionadas sem que o fotógrafo esteja presente, ou seja, não precisa do dedo humano para fazer o clique. A câmera é acionada pelo movimento ou quando o animal cruza um sensor infravermelho do equipamento. É cada vez mais usada por pesquisadores para estudar os hábitos dos animais em seus habitats, seja durante o dia ou mesmo à noite.

animais selvagens – explicou o motorista. – O que não quer dizer que não possam viver entre os homens. Já li notícias de que, na África do Sul, um casal de leopardos é criado em meio aos hóspedes de um *resort*, que os seguem para vê-los caçar.

– Não acredito! – falei, assustada. – Eu é que não quero me deparar com um bicho desses.

– Como eu ia dizendo, Giovana, na grande maioria, os felinos daqui se alimentam de pequenos animais encontrados no parque, como o cervo, o tatu e a capivara. Porém a caça desenfreada desses animais está fazendo com que as onças tenham que sair do parque para se alimentar em outros lugares.

– Como assim, em outros lugares, piloto? – perguntou Lipe. – Existe algum *stop and shop* para felinos em Foz?

– Neste caso, Lipe, o "stop and eat" desses felinos acaba sendo nas fazendas vizinhas ao parque. As onças atacam o gado dos fazendeiros, que, para não perderem seu rebanho, acabam atirando e matando as onças.

Sinistro, pensei. Precisam arrumar uma forma de caçar os caçadores da comida das onças. Perguntamos, então, sobre a história de Nena e o porquê de sua importância para o parque.

– Nena é uma onça-preta com três aninhos. Está linda e saudável e todos na reserva esperam que ela possa dar lindos filhotes.

– Caramba! Com três anos ela já pode namorar e ter filhotes?

– Isso mesmo, Gi – interveio Clara. – Os bichos não são como nós, que podemos viver até mais que noventa anos. Eu acho que os gatos vivem uns quinze anos. Foi mais ou menos com essa idade que morreu aquele gato gordo da sua vó Fedra. Você se lembra dele? A gente dizia que ele parecia o Garfield!

– Sua irmã tem razão – completou o motorista. – Os gatos vivem cerca de quinze anos e as onças negras ou pintadas vivem entre doze e quinze anos. Com três anos já atingem a maturidade e podem começar a procriar.

– E quem vai ser o marido dela? – perguntou Manu, interessada.

– Ela veio para fazer par com o Valente, nome de uma onça-pintada, com nove anos, antiga moradora de nosso zoológico – respondeu nosso guia, para meu espanto.

– Mas, Clara, ela é muito novinha! O Valente é seis anos mais velho que ela...

– Isso não quer dizer nada, "imã". Não vê o papai e a mamãe...

– Epa! Vamos mudar o rumo desta prosa e me "incluir fora dessa" – falou o papai, brincando.

– Então, eu tenho uma outra pergunta. Dá certo "combinar" onça-preta com onça-pintada? Vai nascer o quê? Onça parda? – Agora foi o Lipe com uma de suas pérolas.

– Boa pergunta, Lipe. Você mencionou os três tipos de onças que existem. Todas podem ser encontradas aqui. Porém, a onça-pintada e a onça-parda, quando se acasalam, não geram filhotes, pois são de espécies diferentes. Isso pode ser visto a olhos nus, pois a pintada é bem maior que um puma.

– E a onça-preta? – perguntou Manu, intrigada.

– A onça-preta não é considerada uma espécie diferente, pois sua coloração é somente uma variação de pintas. Como se tivesse uma infinidade de pintas bem juntinhas. Geneticamente, são iguais e podem procriar. Por isso Valente e Nena podem vir a formar um casal de muitos filhinhos.

O Lipe ia emendar mais uma pergunta quando fomos interrompidos pelo pai da Manu:

– Pessoal, chegamos a *Dream land*!

8
bonecos de cera

    Nossa primeira parada foi no museu de cera chamado *Dream land*, que fica bem perto do nosso *resort*. Já dentro do museu, caminhamos pelos corredores e fomos parando naqueles personagens de cera que a gente reconhecia. O museu é bem grande!

    A Manu achou lindas as estátuas da Madonna e da Gisele Bündchen – seus ídolos! Ficou imaginando se quando ela crescesse ficaria tão alta quanto a Gisele. Queria ficar tão bonita quanto a Gisele e cantar como a Madonna. Diva!

    O Lipe curtiu bastante o Homem-Aranha e o boneco de cera do Neymar. Impressionante como ele sabe e gosta de tudo que diz respeito ao futebol. Depois tivemos que ficar esperando em uma fila para ele tirar fotos ao lado do Messi de cera. Meninos...

Do museu de cera passamos às "Maravilhas do Mundo" e tiramos milhares de fotinhos. Meu pai e meus tios estavam adorando passear pelas réplicas da Estátua da Liberdade, do Cristo Redentor e do exército de soldadinhos de barro da China[6] quando, então, resolvemos desaparecer, brincando de esconde-esconde entre os ambientes do "Maravilhas".

Eu estava procurando um lugar para me esconder quando notei uma porta entreaberta no fundo do corredor, à direita. Achei aquilo meio estranho, pois não tinha reparado naquela porta quando passamos por ali da primeira vez.

Empurrei a porta com cuidado e ela rangeu como se há muito não fosse utilizada. Entrei bem devagarzinho e vislumbrei um salão empoeirado, à meia luz, que tinha no seu centro um casal de índios de cera, abaixados em volta de uma fogueira de papel celofane, no meio de uma floresta *fake*.

Primeiro achei um absurdo aquilo estar assim, tão sujo, e o local tão mal sinalizado. Depois, ao prestar mais atenção nos detalhes daquele cenário, observei que os índios eram bem bonitos, jovens e que olhavam um para o outro com olhar terno. Pareciam dois namorados. Era uma cena muito bonita.

Dei uma volta em torno do casal e, ao fixar meu olhar na fogueira *fake*, ela, de repente, 'criou vida'! Isso mesmo, eu podia até sentir o seu calor. Dei um pulo para trás, me escondi atrás de uns arbustos... e assisti à cena de um filme se desenrolar à minha frente.

Dois índios feiosos e com cara de maus se aproximaram, sorrateiramente, do casal de namorados, sem que eles os notassem. Quando o malvado mais alto estava prestes a atirar uma flecha na direção do índio que estava cozinhando com a namorada, uma onça enorme surgiu

---

[6] Estes soldadinhos imitam um tesouro arqueológico que foi descoberto na China em 1974. Foi lá que um simples camponês descobriu, por acaso, as mais de 8.000 peças que imitam cavalos e soldados de terracota (que é uma argila cozida). Este exército de barro foi mandado moldar por antigo imperador Chinês, para a sua proteção após a morte. Dá para acreditar? Sinistro!

do nada e pulou em cima dele. E... eu fechei meus olhos, assustada.

Quando os abri, o filme tinha acabado e a cena estava congelada novamente. Eu estava encostada na parede ao fundo do salão, em estado de choque. Sinistro!

Saí daquele salão, ainda impactada pela visão que eu tinha acabado de ter. Acho que eu estava impressionada por toda aquela conversa do Jaime sobre as onças de Foz. Ou talvez... talvez aquele episódio estivesse relacionado com a busca dos cristais, quem sabe?

Quando virei à esquerda e entrei no corredor principal, encontrei o Lipe, que me procurava, aos berros:

– Hora do lanche, Gigi! Venha se juntar ao grupo. Meu estômago... *burp*!

– Não precisa nem dizer, Lipe. Já ouvi. Ele está roncando.

Mais adiante encontramos Clara.

– Paramos aqui para saquear a mochila dele, Gi. Depois alcançamos nossos pais. Podem deixar que eu passo uma mensagem para eles pelo celular.

– O que tem de bom aí, Lipe? – perguntei.

– Somente gêneros de primeira necessidade: biscoitos, chocolates, 'sandubas'... Sabia que eu achei boa essa parada para reduzir nosso estoque? Minhas costas já estavam me matando – Abriu a mochila e tirou de lá uma penca de bananas. Com mais de dez bananas. Eu não acreditei.

– Lipe! Você é maluco? Que horas você pegou esse cacho de bananas? – gritou Manu.

– Não fui eu não! Foi a Nahara. Ela me viu pegando duas bananas e falou: "leva mais um pouco para o resto da turminha". Até a mamãe viu.

– Nossa! E os biscoitos, chocolates, pãezinhos e geleias?

– Ah! Isso fui eu mesmo, hehehe...

Ficamos um bom tempo sentados ali e comendo. Entre uma mordida e outra começamos a nos lembrar de antigas histórias que envolviam comidinhas. Meu pai as inventava para nos distrair. Clara contou que, certa vez, eles estavam na praia e, pouco depois de tomar um picolé de chocolate, papai combinou com ela, ainda pequena, de plantar o palitinho, porque, fazendo isso, no dia seguinte nasceria um "pé de picolé" e eles poderiam colher sorvete no pé. De diversos sabores! Pode isso?

Lógico que no dia seguinte não tinha pé de picolé algum. Meu pai, então, para não perder a pose, disse para minha irmã que foi porque o Sol derreteu a árvore de picolés e que, por isso, deveriam plantar os próximos palitinhos na sombra.

– Ele é um tremendo contador de histórias – falei.

– Tipo Forest Gump – completou o Lipe.

– Mas sempre presente. Ele ainda dá nós no seu lençol antes de sair para o trabalho, Gi? – arguiu Clara.

– Como assim? – estranhou Manu. – Vai estragar o lençol. Para que isso?

– Vou te explicar, Manu. Todos os dias, o papai tinha que sair de casa para o trabalho antes da Giovana acordar. O fato de não se despedir dela o deixava muito incomodado. Apesar disso, ele sempre passava no seu quarto e dava um beijinho em seu rosto antes de sair.

– Isso é o que ele dizia, Clara. Só que eu, que durmo como uma pedra, não sentia nada e era como se ele não tivesse estado lá.

– Quando eu contei para o papai que a Gi não sentia o seu beijinho, ele passou a deixar um nozinho no lençol dela.

– Daí em diante, toda vez que vejo o nozinho quando acordo, sei que o papai esteve ali e me beijou antes de sair de casa.

Quando acabamos de contar a história percebi que a Manu ficou com os olhinhos cheios de água e o Lipe também. Mas, para quebrar o clima, ele emendou:

– Manu, pode deixar que vou amarrar seu lençol no pé da cama todo dia quando você sair do quarto, tá legal?

– Deixa de ser bobo, Lipe. Não é porque o papai toma café da manhã todo dia com a gente que eu vou deixar de achar essa história linda. O tio é um fofo e você é um grosseirão!

– Chora, bebê. Chora, bebê...

Depois de rirmos um bocado, tomamos o caminho da saída. Não sei se fizemos outro caminho, mas confesso que não vi a porta do salão dos índios enamorados quando fizemos o trajeto de volta. Como se ela tivesse sumido, ou nunca existido naquele Museu. Apesar de estar muito intrigada com tudo aquilo que passei, resolvi não contar nada para os guardiães antes de ter certeza sobre o que de fato tinha acontecido comigo.

Seguimos rumo ao Vale dos Dinossauros, que é bem parecido com o Parque dos Dinossauros dos filmes de cinema, a começar pelos portões de entrada.

Quando a gente se aproxima dos bichos eles parecem estar vivos e nos pregam bons sustos. Eles se mexem e produzem sons assustadores. Mas o melhor é que podemos tocá-los e tirar fotos junto a eles, sem perder o pescoço.

Impressionante ver o tamanho dos ovos dos dinossauros. Lipe viajou imaginando fazer uma omelete com um ovo daqueles. Já pensou? Qual seria o recheio? Para se ter uma ideia do tamanho do ovo, eu consegui entrar por um furo na casca e ficar totalmente de pé dentro de um deles.

Se aquele era o tamanho real dos 'bichanos', não sei como podem ter sido exterminados por um único meteoro, como meu tio disse que aconteceu. Não faz o menor sentido. Ainda que um pedregulho caído dos céus matasse uma meia dúzia de bichanos, tudo bem, mas todos?

Bem que podiam ter sobrado aqueles que só comiam "verde". Que nem bois. A gente podia ter uma fazenda de Saurópodes para acabar com a fome no mundo. Teríamos carne à vontade. Irado!

O Tiranossauro Rex é assustador, apesar dos bracinhos minúsculos. Tiramos fotos hilárias simulando ataques dos dinossauros ou saindo de dentro dos ovos com irmãozinhos "dinos" posando em cascas do nosso lado. Ao final, elegemos esse o melhor passeio do dia.

De volta para o *resort*, jantamos e fomos para o Bar do Rio, assim chamado porque ficava ao lado de um córrego que fazia um barulhinho bem gostoso de água caindo entre as pedras.

Lá encontramos a turma do *resort*, para quem contamos como tinha sido o nosso dia. Os animadores, então, nos convidaram a participar da Caça ao Tesouro, que estava programada para acontecer no outro dia. Eles não quiseram nos contar qual era "o tesouro", mas disseram que não havia como ficarmos insatisfeitos.

Bonecos de cera

9
parque das aves

Na manhã do dia seguinte, fomos conhecer o Parque de Foz do Iguaçu. Já tínhamos sido avisados por nossos pais de que não seria possível fazer todos os passeios em um só dia. Então, depois de uma breve discussão, decidimos que faríamos a visita ao Parque das Aves.

Se houvesse tempo, também ficou combinado que faríamos uma caminhada pela trilha até o "pé das Cataratas". Assim se referiu meu tio ao lugar que fica bem próximo da queda d'água, onde, segundo ele, dá para sentir os "pingos da água do rio" em nossos rostos.

Como de costume, tomamos café, abastecemos nossas mochilas e partimos para a van, onde nosso motorista já nos aguardava. Desta vez com a cara bem melhor e usando um boné novo, que homenageava o jacaré do papo amarelo, um dos animais em extinção que era preservado no parque[7].

– E aí, piloto, já recebeu as instruções de voo? – perguntou Lipe, cheio de intimidade com o motorista da van.

– Ainda não, Lipe, mas a aeronave se encontra abastecida e pronta

---
[7] Além da onça, o gavião-real e o papagaio do peito roxo também são preservados no Parque de Foz do Iguaçu.

para a decolagem – respondeu ele, referindo-se ao seu micro-ônibus prateado, com um raio azul escuro nas laterais.

Meu pai, então, explicou a nossa programação e partimos para lá.

No caminho, o motorista contou-nos que o Parque das Aves foi inaugurado em 1994. Começou com o projeto de uma família que amava aves e mudou-se da Namíbia, que fica na África, para Foz do Iguaçu, trazendo com eles um Papagaio-do-Congo e um sonho. O sonho de criar no Brasil um parque só de aves.

Os anos seguintes foram de muito trabalho e doação, tanto da família como de todos que aderiram a esse sonho. Foi assim que, por meio de doações de outros zoológicos do Brasil, ou de animais confiscados pelo Ibama, a ocupação deste espaço foi sendo ampliada. Hoje o parque conta com mais de 1300 aves de mais de cem espécies diferentes.

– E as Cataratas, piloto? Você já viu? Tem como dar um mergulho?

– Vi sim, Lipe. São fantásticas. Em alguns locais do rio é possível mergulhar, porém não dá para ficar embaixo das quedas d'água, pois o volume e a pressão com que a correnteza do rio despenca iriam jogar qualquer um para o fundo.

– Que perigo – interrompeu Manu.

– Melhor ficar distante das quedas. Mas, como ia dizendo, o Parque Nacional do Iguaçu é um Patrimônio Nacional da Humanidade. A sua existência pode ser creditada, em boa parte, a Santos Dumont. Vocês sabem de quem estou falando?

– Não – respondeu Manu de bate-pronto. – O único Santos Dumont que eu conheço é o pai da aviação e, que eu saiba, tinha casa em Petrópolis. Lembra, Gi, a gente já foi lá uma vez. Esse Santos Dumont de quem você está falando deve ser alguém que mora por aqui, nativo de Foz do Iguaçu.

– Muito bem, Manu! Apesar de não parecer, você sabe de quem eu estou falando, sim.   Podemos dizer que Alberto Santos Dumont, o pai da aviação, também é um dos pais deste parque.

Contou-nos, então, o porquê.

– Quando Santos Dumont esteve em visita às Cataratas, em 1916, ficou muito aborrecido ao saber que toda a beleza desta região pertencia a um único dono. Um cidadão uruguaio. Ciente disso, usou toda a influência do já conhecido "pai da aviação" para pedir que o governo nacional desapropriasse essas terras e as declarasse de utilidade pública.

– E o Betinho conseguiu?

– Se o Betinho a quem você se refere for o Sr. Alberto Santos Dumont, sim, Lipe, ele conseguiu. Mais tarde, em 1939, foi criado o Parque como o conhecemos até hoje. Em 1979 foi inaugurada uma estátua em sua homenagem, no exato local em que ele esteve e que nele despertou o desejo de tornar público o espaço que vocês irão visitar agora.

Dizendo isso, parou a van em frente a um lago artificial, revestido de cerâmicas azuis, vermelhas e amarelas, que fica na entrada do Parque de Foz.

O piloto continuava a falar sobre as origens do Parque, enquanto eu olhava fixamente para a mata, densa e fechada que passava ao lado do carro. Meu pai sempre me fala para não ficar olhando para o lado, quando o carro está em movimento, porque eu posso ficar enjoada. Mas dessa vez não foi isso que aconteceu.

As folhas, os galhos e os troncos das árvores passavam rapidamente ao lado de minha janela, até que... se transformaram em um enorme painel verde-escuro. Nesta tela esverdeada, assisti à projeção de um filme como em um cinema com imagem em 3D. Eu vi uma tribo de índios correndo no meio da floresta. Faziam muito barulho e gritavam palavras estranhas, que eu não conseguia entender.

Olhei ao meu redor, dentro da van, e percebi que eu estava sozinha. Meus pais, tios, irmã, amigos e até o piloto haviam desaparecido! O carro continuava em movimento. Esfreguei os olhos com as duas mãos e torci para tudo voltar ao normal. Mas, ao abri-los, a única coisa que mudou foram os personagens do "filme" que passava ao lado.

Agora, quem corria eram os dois índios enamorados que eu tinha visto no Museu de Cera. A única diferença é que uma onça enorme, que usava uma coleira marronzinha, corria ao lado deles.

Eu estava hipnotizada por essa nova visão e quase caí no chão da van quando o piloto freou bruscamente. Na mesma hora, as imagens se dissiparam.

– Chegamos! Aproveitem bastante e lembrem-se: não alimentem os animais.

Com essas palavras, nos despedimos do piloto para entrar no Parque das Aves.

Demorei um pouco para retomar o clima do passeio. Estava muito impactada com a imagem do casal fugindo e pensando no porquê de estarem sendo perseguidos. Mas o deslumbramento de meus amigos pouco a pouco me trouxe de volta e em instantes eu já estava curtindo o passeio de novo.

Me surpreendi bastante com o que estava vendo. Na entrada, o desenho de duas araras indicava que havíamos chegado ao nosso primeiro destino. Do lado de dentro um montão de aves de todas as cores e espécies.

A grande maioria dos pássaros estava solta, porém presa. Digo isso porque dava para ver, lá no alto, uma tela bem fininha que devia ser para não deixar os bichos voarem para fora do Parque. Mas eu acho que nem seria preciso, pois eles tinham de tudo e mais um pouco lá dentro. Para que sair?

Ao longo do caminho passamos por diferentes araras. Uma delas pousou perto do meu tio, em um corrimão que passava ao longo de uma das trilhas. Nesse momento ele conseguiu fazer com que a arara subisse em seu dedo. Muito show!

Depois disso paramos para ver um pavão de penas azuis. Quando estão fechadas não são nada demais. Porém, quando um outro pavão se aproximou, ele abriu suas asas, e então deu para ver quão bonito era o bichinho.

Mamãe explicou que se tratava de um macho que estava se exibindo para uma fêmea. Meu pai, porém, disse que era um macho querendo assustar outro macho de sua espécie para marcar território. Eu fiquei achando que os dois, papai e mamãe, estavam chutando, e que, na verdade, ele estava era com calor e abriu as asas apenas para se refrescar.

Os tucanos também vieram pousar perto da gente, assim como as garças e os flamingos, que dançaram uma espécie de balé quando estávamos passando. Irado! Tiramos algumas fotos na "árvore da vida"[8] e partimos para ver as corujas antes de seguir para o borboletário.

Sim, lá dentro também tem uma criação de borboletas de diferentes cores e tamanhos. A que eu achei mais bonita pousou no dedo do Lipe. Era branquinha com linhas negras ao redor das asas e o número 88 gravado no centro. Por falar no Lipe...

– *Burp*!

– Caramba, Lipe! Assim você vai espantar as ararinhas. Não é possível que você já esteja com fome!

---
[8] Outra atração do parque.

Manu tinha acabado de falar isso quando uma revoada de pássaros avançou sobre ele, que saiu em disparada.

– Para de correr, Felipe – gritou meu tio –, e feche a mochila.

– Se eu parar, eu danço.

– Então feche a mochila enquanto corre. Mas feche a mochila! – Agora era o meu pai que gritava.

– Esses pássaros devem ter percebido que havia comida na mochila do Lipe.

– Acho que não, Manu. Aqui eles têm comida à vontade – eu disse.

– Mas não os meus pães de queijo! Isso eu aposto. Perdi um. Acho que para um gavião – gemeu um Felipe bem assustado, que retornava para perto do grupo ainda com os cabelos em pé.

– Acho que até passou a fome, não é, Lipe?

– É, sim, tia. Agora estou com sede, de tanto que corri. Podemos sair um pouco?

– Vamos, sim. Ainda temos muito chão pela frente – disse meu pai, encerrando o programa no Parque das Aves.

Parque das aves

10
perigo na trilha

Pouco mais tarde, estávamos na trilha que nos levaria "ao pé das Cataratas". Trilha é maneira de dizer, pois, na verdade, é um longo, enorme, gigante caminho até chegar à maior queda d'água das Cataratas.

O caminho é todo feito de concreto, tipo uma larga passarela com corrimãos de madeira pintados de verde nas duas laterais. Do lado direito a gente vai vendo pequenas quedas d'água, bem distantes, mas muito bonitas. O barulho da água caindo de encontro às pedras nos acompanha o tempo todo.

Um grupo bastante grande de turistas ia pelo mesmo trajeto, seguido de perto por vários animais. Isso mesmo. Passaram por nós alguns tucanos, macaquinhos e lagartos do tipo iguana, sabe como? Muitas, muitas, muuuiiitas borboletas. De todas as cores e tipos.

De repente, passou do nosso lado, em uma espécie de canaleta que corria perto do morro, uma família de quatis. Mamãe quati e seus seis filhotinhos passaram por nós como se não existíssemos.

O quati parece um guaxinim. Os dois, porém, são do tamanho de gatos. São castanhos, têm o rabo longo e listrado de castanho e preto. As únicas diferenças que vi entre os quatis e os "guaxis", que estamos acostumados a ver em desenhos animados, é que os "guaxis" têm uma máscara nos olhos igual à do zorro, já os quatis têm o focinho mais alongado. Fora isso, são bem parecidos.

Meu tio "sabe tudo" estava nos contando que o nome quati quer dizer "nariz comprido" e que esse nome lhes foi dado pelos índios. Ele disse que são mamíferos e se alimentam de frutas. Fazem amizade fácil e são bastante simpáticos, mas geralmente em troca de algum favor ou alimento.

Assim como nos filmes, não podemos deixar nenhum saco ou sacola perto deles, pois irão pegar e fugir com tudo para o meio do mato. Quando meu tio estava acabando de falar que, apesar de dóceis, não podem ser domesticados, pois são animais essencialmente selvagens, o Lipe aprontou mais uma.

– Que barulho é esse? – perguntou minha tia. – A família quati está gritando para o Lipe!

– Sai daí, Lipe, o que você está fazendo? – gritou Manu.

– Deixa o filhotinho ir embora. Que ideia maluca você teve desta vez? – perguntei para ele, ao vê-lo cercando um dos filhotinhos de quati junto à cerca, com uma banana descascada na mão.

– Ué! Eles não comem frutas? Estava oferecendo uma banana para o Júnior – respondeu, enquanto toda a família gritava e lhe mostrava os dentes afiados.

– Que "mané Júnior", Lipe? Quer que ele morda sua mão? Seu pai não acabou de falar que eles são selvagens?

– Isso eu não ouvi, Gi, foi mal! Só ouvi até a parte que eram dóceis e interesseiros, daí...

– Nunca mais faça isso, ouviu? O seu amigo, o piloto, bem avisou para não alimentar os animais. Por que é que fui deixar você trazer esse monte de comida para o parque? Onde é que eu estava com a cabeça?

– Pronto, mãe. Já passou. Comi a banana. Fica calma.

Só rindo das bobagens que ele apronta.

Passado o susto, seguimos nosso caminho pela trilha até chegarmos aos pés da principal queda d'água do rio. De fato, sinistro! Muita água, muito barulho, muito impressionante, muito tudo!

Ficamos por um bom tempo apreciando a beleza e a força da queda d'água. Com o vento soprando, gotinhas de água formaram um lindo arco-íris próximo à catarata. Sem percebermos, à medida que o tempo passava nossas roupas iam ficando encharcadas.

A trilha, então, fez uma bifurcação, e a passarela se projetou por cima da corredeira. O caminho nos causou arrepios pelo conjunto da obra: os respingos de água, o vento frio e o barulho ensurdecedor.

– Estamos agora em cima da "Garganta do Diabo" – contou-nos meu tio.

O nome me soou familiar. Lembrei! É o lugar que o Viajante do Tempo me indicou quando estávamos no salão da maquete, lá no Museu da Terra Guarani.

– Como assim, pai? Que nome horrível!

– Conta a lenda, Manu, que esse nome foi dado pelos índios que, antigamente, habitavam as margens do rio. Aqui, neste local, o volume de água que se precipita é o mais abundante em relação a toda a região. Além disso, a formação das encostas, que se assemelham a uma garganta, fez com que o imaginário dos índios criasse diversas lendas a respeito deste lugar.

– Que tipo de lenda, tio?

– Dessa lenda você vai gostar, Gigi. – Minha mãe se adiantou para responder. – Envolve o romance de um casal de índios apaixonados.

Na hora eu percebi que minhas visões com o casal de índios enamorados estariam associadas com essa lenda. Mas, antes que eu pudesse falar alguma coisa, a Manu interrompeu:

– Oba! Então conta!

– Agora não dá. O barulho está atrapalhando, mas me lembre de te contar hoje à noite no *resort*.

– Tá bom. Fica combinado assim. Alguém viu o Lipe?

Mal tinha acabado de formular a pergunta, o 'encapetado' passou correndo feito uma bala por trás de nós. Quis frear, mas não conseguiu.

– Cuidado, Lipe! Freia! – gritou meu tio Paulo.

– Para, filho! Para! – emendou minha tia.

O tênis do Lipe derrapou no limo da passarela e ele só não caiu dali na água porque a alça de sua mochila enganchou em um parafuso do guarda-corpo da passarela.

– Caramba! Fiquei pendurado no "Gogó do Capeta"!

– Não brinque com isso, Felipe! – brigou a tia Marcela. – Você poderia ter caído. Trate de se comportar, ou vou te colocar de castigo e você não desce para a piscina hoje.

– Ufa! Foi seu anjo da guarda que te segurou. Essa foi por pouco! – falou mamãe, que estava branca como leite por causa do susto.

– Não foi não, tia, foi um prego mesmo.

– Pare de brincar com isso, Lipe. Essa foi por pouco. Agora, veja se fica quieto, ou vai querer perder a caça ao tesouro?

– Claro que não, Manu. Foi sem querer.

– Sem querer querendo, não é? Suas pernas não saíram correndo sozinhas, ou saíram? – perguntei.

– Mais ou menos isso. Quando começou o papo de romance eu não consegui ficar ouvindo, aí...

– Saiu correndo? É bobo mesmo, Gi. Deixa ele para lá. Mãe, podemos ir para a lojinha? – Manu havia lançado a ideia que orbitava havia tempo o meu imaginário. – Bolinho de cenoura com calda de chocolate e mate com limão, plus, compra das lembrancinhas.

– Beleza – respondeu meu pai. – Mas vamos ser rápidos, porque ainda há muita natureza para ver e ar puro para respirar do lado de fora.

Todos concordaram e, depois de aproveitarmos um pouco mais daquele pôr do sol inesquecível, tomamos o caminho de volta. Eu levava comigo uma série de dúvidas, que pareciam estar prestes a se esclarecer.

11

caça ao tesouro

De volta ao *resort*, jantamos e fomos nos reunir na quadra em frente ao Salão de Jogos, pontualmente às sete da noite. Estávamos ansiosos para recebermos nossas pistas da caça ao tesouro.

Tudo era motivo para excitação: qual seria o prêmio? Quem seria o vencedor? Será que teríamos o nome da nossa equipe no mural dos campeões?

Na noite anterior ficamos muito tempo acordados tentando escolher um nome que fosse apropriado ao enorme potencial de nosso grupo. Lipe sugeriu "Furacães" e não Furacões. Achamos muito sanguinário. Clara sugeriu "Aliança Rebelde". Achamos *Star Wars* demais. Eu sugeri "Patrulheiros da Noite". Todo mundo achou coisa de caçadores de vampiros. Por fim, a Manu sugeriu: "Verdadeiros Titãs". Não por causa dos Jovens Titãs com o Robin, Ciborgue e outros, mas sim por causa dos Titãs da Grécia.

– Titãs, tudo bem, mas, por que Verdadeiros? Por acaso já existiram os "Falsos Titãs"? E, afinal, quem foram esses Titãs? – perguntou Lipe.

– É o seguinte, Lipe. Os Titãs eram gigantes que, na mitologia grega, tiveram a coragem de enfrentar Zeus, deus do Olimpo e outros deuses que viviam com ele. Não é isso, Clara?

– Você está certa, Manu. Se não me engano havia entre eles um titã chamado Oceano, com poder sobre as águas do mar; Céos, um titã que tinha visões de coisas que ainda iam acontecer; Crio, um titã que controlava o frio do inverno; e Cronos, o mais novo, que controlava o tempo.

– Eu sou esse! – gritei bem alto.

– Eu quero ser o do Oceano. Adoro o mar – falou Lipe.

– Eu tenho as visões. Então serei Céos – falou Manu.

– Tudo bem. Então serei Crio. Logo eu, que detesto frio... – falou Clarinha, resignada.

Com muita insistência havíamos convencido Clara a se juntar aos Verdadeiros Titãs. Entretanto, nenhum adulto se animou. Mesmo sabendo que diversos outros pais estariam na competição. Enfim, como costuma dizer o pai: "é o que temos para hoje". Então, vamos nessa!

Quando chegamos, os grupos participantes já tinham seus nomes relacionados no quadro de avisos. Logo percebemos que, embora não fossem muitos, a julgar pelos nomes, estavam bastante determinados. Iríamos enfrentar os "Bastardos Inglórios", os "Selvagens da Motocicleta" e os atuais campeões do torneio, os temidos "Piratas e Corsários", que estiveram lá e ganharam no ano passado.

O grupo dos Piratas era formado por quatro meninos adolescentes, de calças rasgadas, tênis *All Star* preto, que só sabiam se comunicar utilizando palavrões. Percebi que seriam eles nosso principal oponente.

Logo que nos viram, apressaram-se em se apresentar: Capitão

Jack Sparrow, Capitão Gancho, Barba Ruiva e Barba Negra. Cada qual com sua marca característica. Jack era cabeludo, com um dente falso de ouro e usava um chapéu de pirata. Gancho tinha um gancho *fake* horroroso na mão direita. Barba Negra usava um tapa-olho e o Barba Ruiva era um garoto feioso, ruivo e sardento. Ou seja, todo cor de ferrugem.

– Muito bem, amigos, boa noite – começaram os organizadores do evento. – Hoje, quatro grupos de exímios competidores irão se enfrentar nesta emocionante caça ao tesouro. Como todos já devem saber, cinco enigmas serão distribuídos entre os competidores. Cada enigma desvendado fará com que o grupo se aproxime mais da pergunta final que os levará ao tesouro.

– Posso perguntar uma coisa? – interveio Manu.

– Claro que sim. Vocês podem me interromper a qualquer momento, antes de iniciarmos a competição, para tirar suas dúvidas.

– O que impede que os grupos copiem a resposta daquele que desvendar mais rápido as pistas? – Manu já estava querendo nos proteger dos Piratas, com medo de que nos seguissem sem precisar se esforçar para decifrar os enigmas.

– Boa pergunta! É por isso que, embora as pistas sejam as mesmas, cada grupo receberá a primeira delas em um local diferente dos demais competidores. Daí para a frente, vocês precisam se prevenir para não serem seguidos. E lembrem: para ter direito ao prêmio máximo, além de decifrar todos os enigmas, a equipe deverá apresentar ao grupo organizador as cinco perguntas feitas, guardando consigo os cinco papeizinhos que encontrarem ao longo da caçada.

– E quando vai começar o jogo? – perguntaram os Selvagens.

– Bem, agora são 19:50. Acho que podemos começar às 20:00, o que acham?

– Começa logo com essa ###! – gritaram os Piratas.

Diante do consentimento de todos, cada grupo foi se encaminhando para um ponto de partida diferente. Nós fomos para o Bar da Sauna, onde nos aguardava o *barman* com o primeiro enigma em mãos. Quando o relógio marcou oito horas em ponto ele nos entregou o primeiro papelzinho, guardado em um envelope fechado.

Lipe se adiantou em abri-lo, crente de que ia matar a charada, de cara. Olhou-o por poucos segundos e entregou para Manu, dizendo:

– Ferrou! Dançamos.

Manu abriu o envelope e, então, pudemos ver a imagem abaixo:

Enigma nº 1

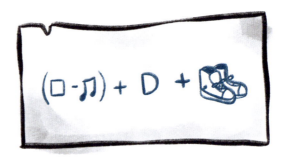

– Que é isso? Perguntei?

– É o primeiro enigma, ora!

– Isso eu sei, Lipe! Perguntei o que isso quer dizer.

– É o que a gente tem que descobrir, ora!

– Argh!!!

– Parem com isso vocês dois e vamos nos concentrar – falou Clarinha. – Prestem atenção aos sinais de somar. Estão separando 3 sentenças. Somadas elas devem formar uma pista para nos levar até a próxima pista.

– Isso mesmo! No meio é "d" e no final é um par de sapatos – falou Manu.

– É. Pode ser. Será que é na sapataria do clubinho? Perguntou Lipe.

– Não sei, não – disse Manu, pensativa. – Melhor decifrarmos a primeira sentença antes de sair correndo para o clubinho.

– Também acho, amiga! Mas o que pode ser um quadradinho menos uma nota musical? Alguém tem alguma ideia?

– Eu sei! – gritou Clara. – Pensem comigo. Assim como falou a Gigi, trata-se de um QUA-DRA-DO, menos uma nota musical. Qual é a primeira nota musical?

– É isso! – falou Manu – QUA-DRA-DO (-) DO (=) QUADRA

– E daí? Alguém sabe onde fica a Quadra de Sapato? – perguntou Lipe pouco antes de nos ver sair em disparada – Esperem por mim! Aonde vocês vão?

– Para a QUADRA DE TÊNIS, Lipe. O último símbolo é um par de tênis! – gritei.

– Corra, Lipe! É lá que está nossa próxima pista.

Assim que chegamos, foi possível ver a equipe dos Piratas se afastando do local. Logo percebemos que havíamos chegado tarde. Pelo menos, mais tarde que os Piratas. E, naquela hora, não dava para saber se eles já tinham descoberto a pista seguinte ou se estavam procurando um lugar seguro para desvendá-la. Foi então que me ocorreu o seguinte:

– Pessoal, se alguém chegar aqui, enquanto estivermos tentando descobrir a próxima pista, vamos correr para o Bar da Sauna e abrir a pista somente lá. Assim, ninguém cola da gente, ok?

– Tá bom, irmã, mas primeiro temos que achar a pista.

Não havia nada naquele lugar que pudesse nos sugerir um bom

Caça ao tesouro 79

esconderijo para uma das pistas do jogo. Começamos a pensar que se tratava de uma charada.

Estavam todos envolvidos nisso quando avistei o meu amigo Viajante na porta de entrada. Ele estava de capa e com o capuz enfiado em sua cabeça. Quando me viu olhando para ele, ergueu o braço esquerdo e apontou a plaqueta fixada na porta da quadra.

– Manu! – gritei – Corre na porta e olhe atrás da plaqueta.

– Achei! – gritou Manu – Estava atrás da placa "Quadra de Tênis", logo na porta de entrada. Como você sabia que a pista estava ali?

– Digamos que eu tive uma pequena ajudinha. Pode chamar de intuição – e dei uma leve piscadinha, ciente de que todos sabiam o que eu queria dizer.

– Beleza. Então abre logo, Titã! – falou Clara imprimindo ritmo à equipe. Se pretendemos ganhar, precisamos ser mais ágeis. O que diz aí?

– É uma charada. – Dizendo isso, Manu nos mostrou o segundo papelzinho, onde estava escrito:

Enigma nº 2:

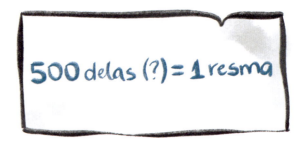

Caça ao tesouro

12
and the winner is...

O jogo já tinha mais de meia hora de duração. Os Piratas tinham partido havia mais de dez minutos. Estávamos todos olhando fixamente para o enigma quando o Lipe perguntou:

– É resma ou lesma?

– Resma, Lipe. Se fosse lesma, faria diferença para você? – perguntei irritada.

– Sim, pois podia ser o minhocário, que fica atrás da horta.

– É verdade, Lipe. Pensando bem, você tem um ponto – admitiu Clara em favor do Lipe.

Percebi que tinha sido indelicada com ele e me desculpei.

– Foi mal, Lipe. Desculpa. "Tô" nervosa com o jogo, porque estamos perdendo e eu detesto perder!

– Tudo bem, Gi. Eu também estou nervoso, e acho que a coisa vai piorar. Lá vêm os Selvagens da Motocicleta. – Dizendo isso, apontou para a entrada da quadra, por onde os Selvagens entraram 'babando'!

– Já sei! – vamos para o Bar da Sauna! – gritou a Clara, e saiu correndo.

Nós a seguimos sem fazer perguntas, pois acreditamos que era parte do plano de não discutirmos nossas ideias sobre a charada na frente de oponentes. Acontece que, alguns metros adiante, depois de uma bifurcação que indicava que o Bar da Sauna estava à direita, minha irmã virou para a esquerda.

– Clara, volta! Esse caminho está errado. Não é por aí.

– Eu sei que o caminho do Bar da Sauna é por lá, mas as 500 folhas de PAPEL que equivalem a uma resma são guardadas no ALMOXARIFADO. É para lá que nós vamos.

– GÊNIA! Sua irmã é gênia, Gigi.

– Eu sei disso, Manu. Puxou a mim.

– Vamos, gente. Corre, corre. – Nisso, passou um Lipe voando baixo pela gente.

Quando chegamos ao Almoxarifado, ele já estava com a terceira pista na mão. Olhou para a gente e mostrou:

Enigma nº 3:

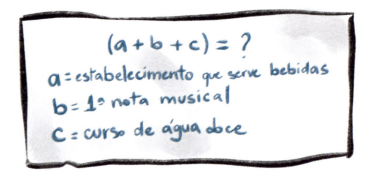

$(a + b + c) = ?$
a = estabelecimento que serve bebidas
b = 1ª nota musical
c = curso de água doce

Nem deixou a gente respirar e foi logo dizendo:

– letra "a" = Estabelecimento que serve bebidas. É o BAR; letra "b" = 1ª nota musical. É o DO; e letra "c" = Curso de água doce é um RIO. "Vambora" para o Bar do Rio!

– Boa, Lipe. Mandou bem, irmão. Corre você e vai matando a próxima charada.

O Lipe partiu em disparada para o Bar da Piscina, e nós tentamos acompanhá-lo. Naquele momento não era possível pensar nos adversários e sim em fazermos a nossa parte. Ganhar ou perder faz parte do jogo. Eu repetia isso para mim mesma o tempo todo, tentando me convencer. Mas acho que não conseguia.

– Vamos, gente! Corre que eu quero ganhar esse jogo.

– Gigi, tenha calma. Lembre que os Piratas estão na nossa frente. Não vá ficar triste se a gente não ganhar. O importante é competir.

– Está brincando, Manu? O jogo só termina quando acaba!

– É isso aí, "imã". Vamos nessa!

Quando chegamos ao Bar do Rio, encontramos os Piratas soltando marimbondos. Estavam irados, sem conseguir desvendar a quarta pista. Ao pegarmos nossa via para ler, encontramos a seguinte charada:

Enigma nº 4:

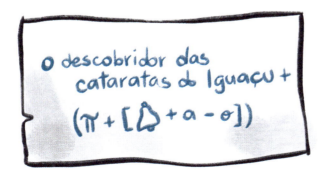

– Depressa, pessoal! Vamos para o Bar da Sauna – gritei. Não fazia a menor ideia de como decifrar o enigma, mas não queria ficar ali dando pistas para os Piratas. O mais engraçado aconteceu ao chegarmos no Bar da Sauna.

– Clarinha, aqueles ali não são os Selvagens da Motocicleta?

– São, sim. O que será que eles estão fazendo? Será que estão aqui desde que passamos a pista errada para eles, lá na quadra de tênis?

– Acho que sim, tadinhos, melhor mudarmos de local de novo. Não quero dar pistas certas para eles – e cochichou – vamos para o Bar da Piscina.

– Ok.

Quando lá chegamos, passamos a decifrar o enigma pelo desenho mais fácil:

– Olha só, gente. Isso aqui é um sino. Se somarmos o "a" e subtrairmos o "o" fica igual à "sina". Que não quer dizer nada – falou Manu.

– Certo, Manu. Esse símbolo (π) é uma letra grega que se lê: PI – ajudou Clara.

– Então, somando tudo dá PI-SINA. Deve ser PISCINA! Sem querer acabamos no lugar certo. IRADO!

– Isso, amiga. Mas onde está a pista? Lipe, olhe atrás da placa de indicação da piscina. Quem sabe a pista não está aí, assim como aconteceu na quadra de tênis?

– Nada. Desta vez, falhou – informou Lipe desanimado.

– Temos que decifrar o restante do enigma. O que diz aí? – perguntou Manu.

– "O descobridor das Cataratas do Iguaçu" – leu Clara.

– É ISSO! – exclamou Manu. Lembram-se da história que papai contou sobre o descobrimento das Cataratas, lá no aeroporto? O

Lipe entendeu que era cabeça de vaca. Então... – ela nem precisou completar.

TIBOOM

Oceano-Lipe, nosso Titã das águas, já estava nadando em direção à vaca no centro da piscina. Ainda bem que ele estava de chinelo e bermuda. Tirou a camiseta e partiu!

– Procura aí, Lipe. Veja se está preso no rabo dela! – gritei, morrendo de rir.

– Claro que não está no rabo, Gi. O nome do descobridor é Cabeza de Vaca. A última pista está na cabeça do bicho.

– Boa, Manu. Gênia! Procura aí, Lipe. Veja se está na boca ou na orelha! – gritei.

– Achei! Estava na boca.

– Traga para a gente. Mas sem molhar. Cuidado para não apagar a pista – recomendou Clara.

Enigma nº 5:

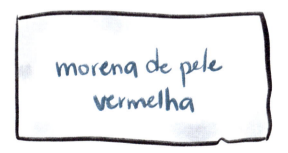

– NAHARA!! – nós quatro gritamos ao mesmo tempo. E esse foi o problema.

Na hora em que gritamos, os Piratas estavam chegando. Ouviram a gente gritar o nome da Nahara e partiram para a administração. Covardes!

– Corre, Lipe! Passe esses monstros! – gritei.

Porém, infelizmente, os Piratas chegaram antes da gente. Haviam completado todas as pistas anteriores e iriam levar o prêmio. Um desânimo profundo estava no rosto de cada Titã.

– Perdemos? – perguntou Manu.

– Parece que sim – disse Lipe. – Na história real, os Titãs venceram os deuses do Olimpo?

– Pior que não, Lipe – respondeu Clara. – Também perderam.

Entretanto, os ventos começaram a soprar a nosso favor quando Nahara se dirigiu aos Piratas, dizendo:

– Parabéns, Piratas, por mais esse título. Mas, antes de mais nada, vocês poderiam me entregar a cópia das cinco pistas que vocês pegaram durante a caçada?

Por essa eles não esperavam. Durante o jogo eles roubaram e, com certeza, deixaram de pegar ao menos duas pistas. Além do mais, nenhum deles estava molhado, ou seja, ninguém entrou na piscina para pegar a pista final.

– Ih, Nahara! Sabe o que é – adiantou-se o Barba Ruiva, tentando explicar – bem, nossa pista se molhou na piscina e rasgou-se toda enquanto a gente vinha para cá.

Eles insistiam em continuar roubando e mentindo. Que gente terrível!

– Nossa! Entendo. Então, vocês devem ter as outras quatro pistas, não é isso, Barba Negra?

– Na verdade, só temos três. Uma delas rasgou quando a arrancamos de trás da placa da quadra. Rasgada é mesma coisa que não trazer. Então, a jogamos fora – insistiu na mentira o Jack Sparrow.

– Que pena, meninos. Infelizmente, vocês serão desclassificados. A regra é clara.

Os Titãs pulavam de alegria enquanto os Piratas gritavam cobras e lagartos contra a decisão da Nahara, que permanecia com um leve sorriso no rosto, imperturbável.

Foi então que chegaram os Bastardos, gritando que haviam concluído a caçada e traziam em mãos as cinco pistas. Eu gelei. No meio daquela euforia toda, não fazia ideia de quem havia ficado com nossas pistas.

– Então, Verdadeiros Titãs. Para poderem ser consagrados com o prêmio e ganharem o tesouro, o grupo precisa apresentar as cinco pistas; caso contrário, os Bastardos serão os vencedores.

O silêncio foi rompido pelo Lipe, que falou baixinho:

– Comigo não tá!

– Nem comigo – disse Manu. Então Clara colocou a mão no bolso de trás da calça e disse:

– Calma, pessoal. Podem comemorar – e sacou nossas cinco pistas, intactas. Sem que percebêssemos, ela as estava guardando ao final de cada etapa da caçada. Gênia!

13 a Lenda

Vencedores da Caçada Anual do Tesouro em Foz, nós, os Verdadeiros Titãs, entramos triunfantes no salão do Centro de Convenções e fomos aplaudidos por um auditório repleto, que nos acompanhou até o palco onde foi entregue o prêmio: um baú, igualzinho aos do tesouro dos antigos piratas, que parecia recém-retirado das profundezas do mar.

As chaves do baú foram entregues à Manu, eleita por nós a representante oficial dos Verdadeiros Titãs. Após muito esforço, conseguimos abrir a parte superior. Dentro, um brilho intenso de ouro reluzente quase nos cegou.

Algum tempo depois, nossas vistas se acostumaram e foi possível constatar que se tratava de moedas douradas por fora e com chocolates por dentro. Milhares delas! Toblerones dourados, cones de chocolate dourados, barrinhas de ouro, que tinham revestimento de chocolate por dentro. "Flipamos"!

Tanto chocolate assim, só havia uma coisa a fazer. Chamamos

toda a plateia para compartilhar o tesouro conosco. Foi demais!

Algum tempo depois estávamos saboreando nosso prêmio, no Bar da Piscina. Cada membro da equipe vencedora ainda teve direito a escolher um *sundae* extragrande, com todos os acompanhamentos possíveis. Jujubas, castanha de caju, granulados de chocolate, chantilly e muito mais.

Lipe não conseguia tirar o sorriso congelado do rosto. Parecia o Coringa do filme do Batman, porque pediu calda de morango e estava com a boca vermelhinha. Eu estava toda lambuzada de chocolate. Clara pediu um pequeno, por causa da dieta – ainda bem que não cheguei nessa fase. Manu pediu sorvete de creme com salada de frutas. Lindinha.

Estávamos curtindo a nossa espetacular vitória, em uma mesa redonda, quando Nahara chegou e se juntou a nós. Contou-nos, então, que os Piratas usaram essa mesma estratégia no ano anterior. Escutar a resposta dos concorrentes e depois correr para pegar a pista seguinte.

Por essa razão, a regra de entregar as pistas ao final do percurso foi incluída no regulamento da competição deste ano. Ou seja, os Piratas roubaram neste e no ano passado.

Os Selvagens de fato embarcaram na pista errada da Giovana e ficaram horas procurando o enigma na piscina. Os Bastardos, devagar e sempre, concluíram a prova direitinho e, se nós não tivéssemos as pistas guardadas, o prêmio seria deles.

Estávamos assim, batendo papo, quando Nahara, sentada ao meu lado, segurou no meu pulso para perguntar se o sorvete estava bom. Instantaneamente, eu e ela paramos de falar, porque uma corrente de energia percorreu todo o meu corpo e a minha marca das fadas começou a QUEIMAR a minha pele.

Nahara puxou o braço e cobriu com a mão direita alguma coisa que ela tinha tatuada no seu pulso esquerdo. Ficou algum tempo de olhos arregalados e respirando de forma ofegante, recuperando-se do susto.

Quando vi que ela estava mais calma, tomei coragem e perguntei:

– O que foi isso que aconteceu conosco, Nahara?

– Não sei, Giovana. Nunca senti nada parecido.

– Que mancha é essa que você tem no pulso e por que a está tampando?

– Minha marca das fadas – respondeu ela, me mostrando um desenho, exatamente igual ao que tenho nas costas.

– Nossa! São iguaizinhas – falaram Lipe e Manu em uma só voz.

Daí em diante, passamos a contar para Nahara a nossa experiência na Amazônia. De como havíamos encontrado aquela tribo misteriosa e os seus membros. Sobre o nosso compromisso de guardiãs dos cristais místicos, que nos foi confiado pelo índio Leo e seu avô, o pajé da tribo. Também contamos para ela que minha avó, entendida do assunto, não conseguiu identificar três dos cristais místicos que estavam no saquinho que nos foi entregue. "Parece coisa de outro mundo", ela me disse, certa vez. Além disso, contamos para Nahara que estávamos em busca dos cinco cristais que estão desaparecidos.

Ela ficou superinteressada em saber mais sobre a viagem que havia feito ao passado e se emocionou ao saber que eu consegui voltar no tempo e ver minha irmã no dia do casamento dos meus pais. Expliquei a ela que as viagens no tempo eram possíveis graças à energia das pedras, quando combinadas três a três.

Ela ouvia tudo com muito interesse e nos disse que já havia lido bastante sobre as tentativas do homem de fazer viagens através do tempo. Falou que, embora nenhum cientista tenha provado na prática, ela acreditava seriamente que isso seria possível. Concluiu dizendo que achava minha experiência de volta ao passado mais importante que a ida do homem à lua.

Pouco depois, enquanto nos ouvia contar sobre aquele amigo Viajante do Tempo, que me ajudou durante a primeira viagem ao passado, ela teve uma grande sacada:

– Esperem um pouco! Se o amigo misterioso também viajou no tempo para te encontrar, ele também guarda duas pedras com ele. Logo, não estão desaparecidas. Basta encontrar o Viajante do Tempo e pedir os cristais que estão com ele.

– Gênia! – interrompeu Manu. – Mal acabou de conhecer a história e já sabe onde estão dois dos cristais desaparecidos.

– Agora só faltam três – disse Nahara com a firmeza de quem tinha entendido a situação. Porém...

– Não. Só faltam dois, porque um dos cristais está com a Clara. Ela só precisa encontrar onde guardou na casa dela – lembrou Manu.

– "Peraí", pessoal! Não falem mais nada – gritou Lipe levantando-se de um salto.

Naquele momento, vimos os arbustos se mexendo atrás de Nahara e o barulho de gente correndo no meio do mato. Concluímos tratar-se de alguém da limpeza, mas o Lipe insistia que tinha visto o Jack Sparrow e temia que ele tivesse escutado tudo o que falávamos.

De volta ao assunto, eu falei para Nahara que achava que a nossa vinda a Foz do Iguaçu não tinha sido por acaso. Por isso, gostaríamos de saber mais sobre os índios da região. Qualquer coisa que nos ajudasse a encontrar o caminho dos cristais místicos.

– Então, Giovana, o que você quer saber sobre os índios e as lendas da região?

– Meu tio nos disse que as Cataratas foram descobertas por volta de 1500, por um espanhol chamado Cabeza de Vaca.

– Ele está certo. Em 1542 o capitão Álvar Núñes Cabeza de Vaca chegou aqui, guiado pelos índios Caingangues.

– Isso mesmo. E como esses índios chegaram aqui? Quem os trouxe? Você por acaso é uma índia Caingangue?

– Bem, Giovana, você tem muitas perguntas. Vou contar-lhe o que sei e o que falam as lendas da região. A verdade caberá a você descobrir.

– Os índios caingangues já viviam às margens do rio Iguaçu quando a tropa do capitão Cabeza de Vaca chegou. Por isso conheciam o caminho até a Garganta do Diabo. Ao se deparar com tamanha beleza e com toda aquela força da natureza, o capitão perguntou-se como alguém poderia ter criado algo assim tão selvagem e bonito ao mesmo tempo.

Foi então que, dentre os guias que o haviam trazido até aqui, um velho sábio se apresentou e contou-lhes que, na sua tribo, toda essa obra da natureza é atribuída ao deus M'boi – um deus com forma de serpente e filho de Tupã.

– E quem é Tupã, Nahara? É um "deusão" igual a Zeus? – perguntou Lipe.

– Tupã é uma entidade que tem origem na mitologia indígena. O nome Tupã quer dizer trovão na língua tupi. Os indígenas atribuem a Tupã a capacidade de controlar o tempo, o clima e os ventos.

– Entendi. Obrigado.

– Como eu ia dizendo, para agradar ao deus M'boi, o cacique da tribo dos Caingangues prometeu casar sua filha mais bela com ele.

– Pronto. Já vai a mocinha se dar mal de novo. Por que os pais faziam essas promessas, não é Gigi? Parece coisa de novela.

– Também acho, Manu. Por que eles não prometiam casar os

filhos deles com as "bruacas", deusas feiosas? Só as filhas tinham que ir para o sacrifício? Não é justo.

– Meninas, se acalmem. Um dia vocês chegam lá.

– Cala a boca, Lipe! Não vem se achando não – interpôs-se Manu.

– Gente, deixa a Nahara contar a história – cortou Clara.

– Pois bem. A filha do cacique, Naipi, seria obrigada a viver somente para idolatrar o deus M'boi. Entretanto, assim como nas novelas de TV...

– Já sei – interrompeu Lipe – 'pintou um valete na jogada'!

– Não sei bem o que quer dizer isso, mas o que aconteceu foi que Naipi apaixonou-se por Tarobá. O mais lindo e forte guerreiro da tribo.

– Eu não disse?

– Tá bom, Lipe. Você acertou. Agora fica quieto e vamos curtir o romance – interrompi.

– Tarobá também se apaixonou perdidamente por Naipi e não conseguia aceitar o fato de que ela teria que passar o resto da vida, sozinha, cultuando aquele deus serpente. Foi então que planejaram fugir da tribo para viverem seu grande amor. No dia da festa em que Naipi iria se consagrar ao deus M'boi, o jovem casal aproveitou que o pajé e os caciques bebiam *cauim*[9] para fugirem de canoa, arrastados pela correnteza do rio Iguaçu.

– Show! Essa é das minhas – falei.

– E você acha que vai ficar nisso mesmo? Aposto que o 'boizinho' vai dar um 'ataque de pererca', quer ver?

– Você acertou, Lipe. M'boi ficou furioso quando soube da fuga de Naipi. Transmutado em serpente, ele rasgou o solo, perfurou as rochas e, contorcendo-se, produziu enormes rachaduras e despenhadeiros. E foi assim que se deu forma às Cataratas como hoje se apresentam.

---

[9] Um tipo de cachaça feita à base de milho fermentado.

– Sinistro!

– Sinistro nada, Gigi. Duvido que 'boizinho' quebrou tudo e largou de lado! Para onde foram "Tarô" e "Napi"? – perguntou Lipe.

– Segundo a lenda, Tarobá e Naipi foram envolvidos pela imensa cachoeira criada por M'boi. Caíram naquela que hoje é conhecida como Garganta do Diabo e desapareceram para sempre.

– Foi por isso que deram esse nome horrível para a cachoeira?

– Eu também acho o nome terrível e de mau gosto, Manu. Existe uma crença de que repousa, sobre a Garganta do Diabo, o acesso para uma civilização avançada, ainda por nós desconhecida.

– Como assim? – perguntei.

– Segundo a lenda, o portal de entrada para este novo mundo é ornamentado com cristais enormes, e o brilho de sua luz já foi visto por diversos turistas que visitam nossa região. Eu mesma, confesso, nunca vi nada disso. E olhe que já visitei várias vezes a Garganta do Diabo. Seja pelas passarelas ou de lancha.

– Como assim, de lancha? – perguntou Clara.

– O passeio chama-se Macuco Safari. E, pelo que seu pai me falou, vocês vão fazê-lo amanhã.

– 'Tô' dentro. Curti – falei, olhando para Lipe e Manu, que também me apoiaram.

– Mas não vou mesmo! Nem pensar. – Falou Clarinha, apavorada.

Fomos para o quarto 'viajando' na lenda que Nahara havia nos contado. Agora eu tinha entendido por que o meu amigo Viajante nos ajudou a ganhar a prova, nos mostrando a localização da primeira pista. Eu tinha que ter tido essa conversa com a Nahara. Precisava tomar conhecimento sobre a história de amor de Naipi e Tarobá.

Definitivamente, os índios que apareceram em minhas visões eram eles, que estavam fugindo de sua tribo. Os cristais deviam estar escondidos no local que o meu amigo Viajante indicou em nossa visita ao Museu da Terra Guarani. Será que existia, realmente, um portal para uma nova civilização sobre as águas da Garganta do Diabo?

14
partiu garganta

De nada adiantaram os protestos de Clara. No dia seguinte partimos para o passeio de lancha. Além de nossa van, que era conduzida pelo querido Jaime, outro carro partiu atrás de nós e tomou a mesma direção. Lipe ficou muito apreensivo quando viu quem eram seus ocupantes e anunciou que estávamos sendo seguidos por um navio pirata.

Mais uma vez preferi acreditar que era uma coincidência e que nada tinha a ver com nossa busca pelos cristais, mas Lipe insistia que Jack teria ouvido nossa conversa e que talvez estivesse atrás das pedras:

– Aposto que querem viajar no tempo para encontrar seus ídolos.

– Que mau gosto, Lipe. Tanta gente maneira para visitar – interpelou Manu.

– Guardiães, lembrem-se das verdadeiras razões para estarmos nessa empreitada. A tribo do índio Leo confia em nós. Os cristais não devem ser utilizados para atender aos caprichos de qualquer mané. Eles não têm a Cruz das Fadas e, se pegarem os nossos cristais, além de não conseguirem viajar no tempo, irão nos atrasar e nos afastar de nosso objetivo. Isso não pode acontecer.

Pouco tempo depois saltamos da van e entramos em um jipe aberto, que nos conduziria até a balsa de acesso às lanchas. O jipe tinha cinco fileiras de bancos, que podiam acomodar quatro pessoas. Ocupamos as duas primeiras fileiras. Outras pessoas entraram no jipe e sentaram-se na terceira e quarta filas. Porém, a fila seguinte foi ocupada pelos Piratas e na última estavam os seus pais.

Ai, que ódio! Nem tanto pela bagunça e palavrões que falaram, mas pela musiquinha que vieram cantando. "Giovana, cadê você, eu vim aqui só pra te ver". Fui obrigada a reconhecer que o Lipe estava certo. Eles estavam atrás dos cristais místicos.

Mais adiante saltamos do jipe, de frente para o rio, e ficamos olhando o pequeno acesso que levava um enorme grupo de turistas para entrar nas lanchas.

Primeiro, atravessamos por uma estreita passarela de madeira, que ligava a margem ao interior de uma plataforma flutuante. Dentro desta plataforma fomos organizados em grupos com cerca de vinte pessoas.

Fomos orientados a deixar nossas mochilas nos armários. Antes, porém, cada um de nós guardou o que foi possível nos bolsos da calça e jaquetas. Principalmente gêneros de primeira necessidade, tipo: balas e chocolates. O Lipe guardou tudo nos saquinhos *zip lock* da Manu, com medo de se molharem.

Aí, então, começou a briga:

– Eu vou na frente!

– Não, Lipe. Agora, quem vai na frente sou eu! Você veio na frente do 'trenzinho' – disse Manu, irritada, porque o Lipe quer sempre se dar bem.

– Mas, meninos, a parte da frente da lancha tem dois lugares. Por que vocês não vão os dois juntos?

– Porque tem que ir um adulto ao lado de cada uma das crianças, Gigi.

– Ah, mãe, deixa.

– Não mesmo, Manu. Façam o seguinte: vão Clara e Manu na primeira fila, porque o Lipe veio na frente do 'trenzinho'. Na segunda fila, que tem três lugares, vão Lipe, Giovana e um dos pais. O que acham?

– Tudo bem, mãe, posso ir na ponta?

– Combina com seu pai e a Giovana. Para mim, tanto faz.

Assim, seguimos para a lancha com meu tio no centro, eu e Lipe nas pontas. A gente queria emoção e, mais do que isso, tínhamos que ficar atentos ao brilho do qual Nahara nos falou, pois poderia estar emanando de um dos cristais que procurávamos.

Infelizmente, os Piratas continuaram conosco, no mesmo barco. Minha tia achando graça da situação, pois achava que os meninos estavam querendo me 'azarar'. Ninguém merece! Meu pai queria jogá-los do barco. Logo depois começaram a cantar a música do Raul Seixas: "Eu nasci, há dez mil anos atrás...". Estava claro que queriam os cristais para voltar no tempo.

Felizmente, a lancha partiu e já não dava mais para ouvir a voz dos Piratas. *Thank's God*! O passeio estava sendo a coisa mais linda da viagem. Passando bem perto das margens conseguíamos ver diferentes pássaros e borboletas voando. Uma infinidade de cores e luzes transpassava as gotas de água, que se precipitavam das cachoeiras. Nunca vi tantos arco-íris em um só passeio de barco.

A emoção ficava por conta do condutor da lancha, que fazia manobras radicais junto às pequenas quedas d'água. Nas curvas mais acentuadas, eu e Lipe alcançávamos nosso objetivo. Ora para a direita, ora para a esquerda, o barco adernava e jogava um *splash* de água para dentro do barco. Após pouco mais de dez minutos de nossa partida já estávamos encharcados.

Foi então que chegamos ao ponto alto do passeio. O condutor da lancha parou bem no meio do lago que é formado pouco antes da entrada da Garganta do Diabo. Em meio àquela calmaria, era possível ver ao longe a grandiosidade e a força da natureza. Ele nos disse que iria se aproximar de forma segura da queda d'água, e que podíamos ficar tranquilos, pois não haveria risco. Seria a parte mais emocionante do passeio de lancha.

Dizendo isso acelerou o motor e rumou em direção ao centro da Garganta do Diabo. Pouco depois disso já estávamos a uma distância em que era possível sentir as calças vibrando com a força da queda do rio. Não havia mais uma parte do corpo sequer que estivesse seca. O condutor havia feito várias incursões em direção à queda e, ao chegar bem perto, virava em 180º.

Estávamos nos divertindo bastante quando o improvável aconteceu. Ao se aproximar de frente para a queda d'água, naquela que seria sua última incursão, o motor da lancha 'engasgou' e 'morreu'. A lancha começou a ser tragada para perto da zona de impacto.

O medo foi tomando conta de todos os ocupantes. Ouvi um monte de gente gritando socorro, antes de ouvir o barulho do motor da lancha 'pegar' novamente. Porém, a lancha não conseguiu recuar rápido o suficiente para que não fôssemos atingidos.

Primeiro, assisti à Clara e Manu serem tragadas para dentro do rio. Depois vi meu tio pulando atrás do Lipe, que também havia sido jogado pela força da cachoeira. Por fim, senti uma enorme pancada d'água caindo na minha cabeça – e lá estava eu. No fundo do rio, rodando e rodando, seguindo a força da correnteza que formava redemoinhos sem fim.

Não deu tempo de pensar em nada direito. Me agarrei ao colete salva-vidas e esperei que vencesse a força da cachoeira e me lançasse de volta à superfície. Subitamente, meu sinal da Cruz das Fadas começou a queimar em minhas costas. Sabia que tudo não podia terminar assim.

Vi alguns *flashes* de imagens desconexas que surgiram bem à minha frente. Sem abrir meus olhos eu vislumbrei um lugar lindo, com muita área verde. Embora a mata estivesse fechada, como as florestas da Amazônia, raios de luz se faziam passar e iluminavam este lugar, para mim desconhecido.

Papagaios azuis, araras e tucanos que voavam em câmera lenta. Uma enorme teia de aranha carregava em seus nós pequenas gotas de água que ficavam multicoloridas ao serem alcançadas pelos raios do sol.

Um sapo projetava sua língua no ar em direção a uma pobre libélula, que, sem ter como fugir, não conseguiu escapar. Um dourado saltava e dava rodopios no ar, no meio de um lago de águas claras. Os felinos caminhavam em meio às pessoas, em perfeita harmonia e integração. A felicidade estava por toda parte.

De repente, comecei a me sentir mal e fraca. Já estava muito tempo sem respirar. Meu corpo estava paradinho, como se flutuasse no ar. Não mais se jogava de um lado para o outro ao sabor da correnteza, porém estava inerte no fundo do rio.

Lembrei-me do rosto de minha mãe, sorrindo para mim, e de minha irmã me dando um abraço apertado. Quando percebi que não tinha mais forças gritei por socorro, em meu íntimo, pois já não tinha ar algum nos meus pulmões. Foi quando alguém segurou forte a minha mão direita e deu um puxão para cima. Pouco depois disso, eu fui projetada, em meio a um jato de água, para dentro de uma caverna simplesmente sinistra!

15

um projeto de fuga

– Ali! Olhem a Giovana ali – gritou Manu.

– Irmã, vem para cá. Nade até a margem. Você está bem?

– Achamos que você tinha ficado na lancha. O que aconteceu? – perguntou meu tio.

– Tá com fome? Conseguiu trazer alguma coisa de comer? – Só podia ser o Lipe, perguntando por comida.

Minha irmã, então, se aproximou de mim e me abraçou forte. Só ela havia percebido o quanto eu estava assustada, com frio e com medo. Acho que nunca estive tão perto da morte. Meu peito encostado em sua barriguinha fofa foi aos poucos se esquentando.

Eu podia sentir a pulsação do seu corpo de encontro ao meu. Aos poucos nossos corações foram entrando em sintonia e começaram a bater em um mesmo ritmo. Permanecemos assim por algum tempo e eu fui me acalmando até que uma lágrima, de ternura e felicidade, correu pelo meu rosto e pousou em seu ombro. Eu olhei em seus olhos e disse:

– Brigada, "imã". Já estou melhor.

Pouco depois, já refeita do susto, enquanto eu respondia às tantas perguntas que me haviam feito, tomei consciência da enrascada em que nos envolvemos. O lugar em que estávamos agora era uma imensa gruta, com um pequeno lago de águas bem escuras, encostado às rochas, na parte dos fundos.

Podia-se ouvir o barulho de bastante água caindo no lago, porém, naquele momento, não consegui identificar de onde estava saindo. Toda a gruta estava limitada por grandes paredes de rocha, tão íngremes que seria impossível pensar em sair escalando. Digo isso porque pude observar várias pequenas fendas por onde passavam raios de luz vindos lá do teto, bem no centro da gruta.

As paredes estavam cobertas de limo. Havia uma verdadeira sucata formada por restos de pequenas embarcações, cascas de árvores e canoas rústicas espalhadas pelo chão.

Isto me fez pensar uma coisa: antes de nós, outras pessoas também haviam sido trazidas até ali pela correnteza. Mas, se isso de fato aconteceu, onde elas estariam?

– Então, foi isso, gente. Quando eu já estava sem forças e pedindo que alguém me ajudasse, pois estava ficando sem ar, senti a mão forte do tio Paulo segurar meu pulso e me puxar para cima.

– Eu não.

– Como assim, tio? Se não foi você, quem me puxou? Foi você, Clara?

– Desculpe, irmã, mas também não fui eu. Como te disse,

pensamos que você tinha ficado no barco. Por isso havíamos começado a estudar o lugar, para bolarmos um plano de fuga – percebi que seu olho estava tremendo à beça.

– Entendi. Então, deve ter sido alguma correnteza. O importante é que estou salva! – disse tentando desconversar, pois entendi que meu amigo Viajante do Tempo, desta vez, tinha me salvado de morrer afogada. Se ele estava ali comigo, naquela situação, é porque eu tinha encontrado o rastro dos cristais místicos.

– A mamãe deve estar preocupada.

– Nem me fale, filha. Se eu não encontrar um jeito de voltarmos para casa, ela me mata.

– Isso se ela já não estiver achando que estamos mortos, não é, pai? Afinal, fomos todos 'tragados' pela 'Garganta do Diabo'!

– Para com isso, Lipe. Se eu não levar vocês de volta, sãos e salvos, aí sim ela me mata! Sua mãe sabe que estamos juntos e que vamos sair dessa.

– Por que você não liga para ela e diz onde estamos, tio?

– Irmã, lembra-se que tivemos que deixar as mochilas no escaninho? Então, meu celular e o do tio Paulo ficaram lá. Tínhamos medo de que molhassem.

– Beleza! Agora os celulares estão secos e longe. De que adianta estarem secos na mochila, se precisamos deles aqui? Era só esperar secar e chamar ajuda!

– Manu, pare de 'dar chilique'. A Clara não tem culpa alguma. A orientação dos guias do passeio foi essa. Apenas seguimos a orientação que nos deram – disse tio Paulo. Mudando de assunto e pensando em uma forma de darmos o fora daqui, eu sugiro darmos uma volta pela gruta para ver se existe alguma saída.

– Também podemos acender uma fogueira! O que acha, tio?

– Boa ideia, Gi. Então, vamos nos dividir em dois grupos. Eu vou com a Manu inspecionando as paredes pelo lado direito, até chegar ao lago. Clara e Gi vão para a esquerda. Lipe espera aqui e comece a juntar alguns gravetos e restos de madeira secos, para tentarmos acender uma fogueira. Pode ser que a fumaça sinalize a nossa localização e atraia alguém lá de fora para nos socorrer.

Assim que comecei a andar com a Clara contei para ela sobre minhas suspeitas acerca da presença do Viajante. Estava certa de que ele havia me salvado do afogamento. Se assim o fez, foi para que eu pudesse continuar a busca pelos cristais místicos dentro daquela gruta. Mas... por onde começar?

Nesse instante, a nossa busca por uma saída havia chegado ao fim. Havíamos alcançado o lago sem ter encontrado uma brecha que fosse por onde pudéssemos sair. Voltamos ao ponto de partida onde encontramos o grupo reunido.

Lipe havia juntado uma boa quantidade de madeira para a fogueira e Manu estava falando com ele sobre as passagens, lacradas, que encontraram:

– Como assim, lacradas?

– Lacradas, Lipe. Fechadas. Obstruídas com pedras e terra, como se fossem as paredes de barro das choupanas indígenas. Iguais àquelas que vimos na tribo do índio Leo, na Amazônia.

– Mas, Manu, quem fez isso? E por quê? – perguntei.

– Sei lá! Só sei que são cinco passagens que estão fechadas. E bem fechadas.

– Escalar as paredes não dá. Mergulhar para sair pelo mesmo lugar por onde entramos, também não. Vamos acabar nos afogando por causa da força da cachoeira. Será que vamos morrer no 'gogó do capeta'?

– Pare de brincar com coisa séria, Lipe – disse Manu, que começava a chorar.

A situação estava ficando cada vez mais tensa. Meu tio andava de um lado para o outro como que buscando um milagre. Uma ideia brilhante. Clara estava me olhando fixamente e percebi que franzia a testa e fechava seu olho esquerdo. Sinal de que estava tendo uma ideia ou desconfiava de alguma coisa.

– O que foi, Clara? Você teve alguma ideia? – cochichei em seu ouvido.

– Gi, se seu amigo Viajante, por alguma razão, queria você neste lugar, talvez esteja na hora de invocar o poder dos cristais e viajar no tempo.

– Como assim? Viajar para quando? E para quê?

– Viajar para um tempo em que estes cinco vãos lacrados estejam abertos. Para ver aonde vão dar. E, se for possível, para resgatar os cristais desaparecidos. Não foi para isso que o seu amigo Viajante te trouxe aqui? – Clara estava acabando de falar quando ouvimos:

– Lipe, para com isso! Pai, o Lipe está fazendo xixi na parede. Vai ficar tudo fedendo.

– Porco! Faz no lago – eu disse.

– Eu não. Daqui a pouco nós vamos ter que beber a água do lago. E aí? Você vai querer beber o meu xixi?

– Parem de brigar! – meu tio interrompia a discussão. – O xixi do Lipe acaba de me dar uma ideia.

16

apertem os cintos, Giovana sumiu!

Ao perceber que o lugar onde o xixi do Lipe bateu abriu um sulco na parede e a terra se soltou, meu tio concluiu que, se conseguíssemos reproduzir essa experiência em grande proporção seria possível soltar as pedras da terra. Tirando as maiores pedras, então, poderíamos fazer uma abertura para sairmos.

– Pai, eu entendi a sua ideia. Acontece que eu acabei de fazer xixi e só vou ter vontade mais tarde. Além disso, como é que as meninas vão fazer xixi na parede?

– Ai que nojo, Lipe! Eu que não vou fazer xixi na parede. Vocês dois que se virem – disse Manu, horrorizada. Confesso que também fiquei irritada com a proposta.

– Além do mais, tio, até a gente conseguir fazer rolar uma pedra, isso aqui vai ficar um 'futum' insuportável!

– Meninas, calma. Ninguém vai precisar fazer xixi nas paredes. Vamos jogar um jato de água nelas! Mas, antes, preciso ver o que cada um de vocês trouxe consigo. Eu vi que cada um guardou o que pôde nos bolsos, na hora de guardar as mochilas nos escaninhos. Está na hora de esvaziá-los. Lipe?

– Olha, pai, só deu para pegar duas barrinhas de cereais, dois chocolates e uma mariola. Não deve ajudar muito, mas vai matar a fome que eu estou sentindo.

BURP!

– Sabia que era comida. Tudo bem, Lipe. Não coma nada agora. Teremos que dividir com todos na hora em que formos comer. JUNTOS. Entendido? Agora você, Giovana.

– Tio Paulo, eu trouxe um estilingue e... minha coleção de "pedrinhas da sorte".

– O quê? Não é de se admirar que você tenha afundado no rio por tanto tempo. Para que carregar tanto peso?

Ninguém mais me criticou porque todos sabiam que se tratava dos cristais místicos. Por isso, meu tio logo desconversou e se virou para Manu:

– E você, filha?

– Pai, foi mal. Só deu para pegar umas chuchinhas e meu kit de costuras.

– Hahahaha! O seu foi o pior de todos. Vamos fazer uma sopa de chuchinhas para você comer.

– Lipe, pare de provocar a sua irmã! – disse meu tio enquanto analisava o conteúdo do *pack* de costuras da Manu. – Aqui tem uma coisa que pode nos ajudar a conseguir comida. Linha e agulhas. Basta improvisar.

Dizendo isso, meu tio amassou uma agulha até ficar em forma de anzol, passou a linha por dentro do buraco da agulha, deu um nó e a entregou ao Lipe, dizendo-lhe para cavar e pegar algumas minhocas ou pequenos insetos para servir de isca.

– Você não queria pescar no rio? Então, esta é a hora – falei.

– Clara, o que você trouxe em seus bolsos?

– Bom, tio, eu também peguei barras de cereais, chocolate e o canivete que meu pai me deu de aniversário. Desde que vimos o filme no qual um náufrago sobrevive em uma ilha deserta portando apenas um canivete suíço, a gente não sai sem ele para nossas viagens.

– Era exatamente isso que eu estava procurando. Vejam bem, o plano é o seguinte...

Tio Paulo, então, explicou qual era sua ideia. Utilizando os restos de canoas, pedaços de madeira e cipós que estavam espalhados ou presos nas paredes da gruta, vamos construir uma calha. Ela vai conduzir a água que cai do teto e irá funcionar como uma espécie de tubo gêiser.

Um jato de água será direcionado para uma das 5 passagens bloqueadas. Se tudo der certo, a água vai lavar a terra que segura os blocos de pedra e que estão tampando a passagem. Se conseguirmos mexer os blocos maiores, será possível abrir uma pequena brecha por onde poderemos sair da gruta.

Coisa de McGyver, pensei. Só funciona na televisão. Mas aceitamos seu plano. Mesmo porque nenhum de nós conseguiu pensar em outra saída. Lipe ficou encarregado da pesca. Eu e Manu ficamos responsáveis pela fogueira. Teríamos que tentar acendê-la utilizando as técnicas que o índio Leo havia nos ensinado na Amazônia[10].

Meu tio e Clara fariam o trabalho pesado, cortando os cipós para amarrar os restos de canoa e formar o tubo gêiser e uma estrutura para segurar todo o seu peso.

Neste momento me ocorreu que poderíamos ficar meses naquela situação. O tubo gêiser que meu tio inventou ia ficar todo furado, e se viesse a ficar pronto um dia, iria vazar por todos os lados.

---

[10] O índio Leo nos ensinou quando fez espetinho de larvas na floresta.

Não dava para contar com a pescaria do Lipe porque, mesmo que ele conseguisse pegar a minhoca, não havia garantias de existir peixes naquele laguinho. Além disso, se existissem e fossem pequenos, não alimentariam todos os cinco. Se fossem grandes, a linha não iria aguentar.

Os galhos que vi espalhados pelo chão estavam muito úmidos. Ia ser difícil acender uma fogueira com eles e a noite ia ser fria e em completa escuridão.

A ideia de Clara não me saía da cabeça. Talvez eu realmente devesse invocar meus ancestrais e voltar no tempo, até algum momento antes do fechamento destas passagens. Precisava saber qual delas levaria a uma saída. Além disso, a resposta quanto à localização dos cristais místicos também devia estar atrás de uma destas portas. Cheguei à conclusão de que eu precisava agir.

Chamei Clara para uma conversa com os demais guardiães[11] e falei para eles o que tinha pensado. Concordamos que o nosso tio ficaria envolvido demais com seus afazeres para sentir minha falta e que todos deveriam seguir o que foi planejado por ele.

Separei a Kunzita e a Turmalina que trazia no bolso e as coloquei em minha frente. Despedi-me de meus amigos e minha irmã, que havia acabado de prender meu cabelo num rabo de cavalo, como que me produzindo para a viagem que iria fazer. Me concentrei bastante e coloquei minhas mãos sobre os cristais místicos antes de invocar meus antepassados:

PELO DOM QUE ME FOI CONCEDIDO E A ENERGIA DOS CRISTAIS QUE TRAGO COMIGO, EU PEÇO A FORÇA DOS ELEMENTOS PARA VIAJAR NO TEMPO ATÉ QUANDO ESSAS PASSAGENS ESTAVAM ABERTAS.

---

[11] Assim chamei meus amigos Lipe e Manu, quando decidimos fazer a guarda dos cristais místicos na Amazônia.

17
desvendando os segredos da gruta

Um misto de arrepio e calor percorreu todo o meu corpo até se concentrar em minha marca da Cruz das Fadas. A imagem da Manu, que antes estava sentada em minha frente, começou a ficar transparente, e pouco a pouco foi desaparecendo. Agora, eu estava sozinha. Dias e noites voltaram no tempo, bem diante dos meus olhos! Quis mantê-los abertos, mas ardiam muito. Tive que fechá-los.

Meu corpo ficou cada vez mais leve, até o ponto de começar a flutuar. Abri os olhos e percebi que estava acima do chão. Apesar de tudo isso, não tive medo. Quando finalmente senti meu corpo tocar o solo, eu abri meus olhos e toda aquela sensação que percorria meu corpo cessou. Bem diante de mim, agora, eu podia ver as cinco passagens abertas. Havia alcançado meu objetivo inicial.

Não podia perder tempo. Meus amigos estavam tentando encontrar uma forma de sair da gruta, com frio e com fome. Minha mãe devia estar preocupada.

Percebi, então, que todos os caminhos partiam ou chegavam ali, no salão do lago. Como se fosse um jardim de inverno. Atrás de mim estava tudo igual. A água que caía do teto fazia um barulho que abafava o ritmo acelerado do meu coração. O que é que eu estava fazendo ali?

Preciso achar uma saída, pensei. E coloquei meu plano em ação: uni-duni-tê-o-es-co-lhido-é-vo-cê. Vou pelo segundo portal da direita. Já estava caminhando para lá quando vi meu amigo, o Viajante do Tempo, sair das sombras no primeiro portal da direta.

Ele apareceu, levantou a cabeça e me deixou ver seus olhos brilhando em meio à sombra que o seu capuz fazia. Sorriu, virou de costas e sumiu, dentro daquela caverna. Sinistro!

Decidi seguir sua indicação. A caverna por onde ele entrou era bem apertada. Acho que tinha a largura suficiente para dois adultos passarem um do lado do outro. Parecia ter sido aberta na própria rocha. Muitas pedras irregulares. Pontudas. Não era coisa feita pelo homem, mas sim pela força da natureza.

Depois de andar alguns metros, cheguei próximo a uma tocha que estava iluminando a passagem. Certamente, havia algum ser humano vivendo ali. Mas quem? Decidi continuar naquela direção, confiante de que meus cristais me mantinham invisível, assim como aconteceu em minha última viagem no tempo[12].

---

[12] Em minha última viagem, levei um cristal de Kunzita e uma Turmalina.

Sabia que não podia perdê-los, caso contrário nunca mais conseguiria voltar para o dia em que caí da lancha na Garganta do Diabo. Também não podia soltar um deles, pois me tornaria visível. Estava pensando nisso quando tive a nítida sensação de não estar sozinha. Algo ou alguém havia entrado pela mesma passagem que eu e caminhava em minha direção.

Nem quis olhar para trás. Na frente, observei que a passagem ficava mais larga e uma espécie de coluna separava o caminho em dois. Porém, como era só uma coluna, pouco adiante os caminhos voltavam a se juntar. Resolvi me esconder atrás da coluna e tratei de ficar bem quietinha para ver quem era esse visitante inesperado.

Queria controlar o batimento do meu coração, porém quando vi do que se tratava isso foi impossível. Uma onça-parda acabava de passar por mim pelo outro lado da coluna. Parecia um filme, rodado em câmera lenta. Do meu tamanho, a onça carregava um coelhinho morto entre os dentes de sua boca. Que era ENORME!

Meu coração batia mais forte que um tambor de escola de samba e, talvez por tê-lo ouvido, a onça parou. Quando virou para trás eu achei que estava perdida. Mas, alguém lá de dentro gritou: "Juma".

A onça ouviu o chamado, provavelmente de seu dono, e retomou seu caminho. Ufa! Por ora, eu estava salva. Deixei que a onça se afastasse um pouco e comecei a segui-la.

Pouco depois, estávamos em um outro salão. Agora, a iluminação era natural. Assim como no salão do lago, feixes de luz passavam por pequenos furos do teto da caverna. Gotas de água caíam do teto e formavam diversos arco-íris quando cortados pelos raios do sol. Coisa mais linda!

Aproveitando minha invisibilidade, comecei a caminhar pelo espaço que se abriu à minha frente. O salão era bastante amplo.

Percorrendo suas laterais, entrei em alguns dos pequenos quartos escavados na rocha.

No primeiro ambiente eu encontrei algumas peças que lembravam os instrumentos musicais que havia visto em sala de aula, na escola. Só que muito mais simples.

As flautas pareciam ter sido feitas a partir de galhos das árvores, cuidadosamente lixados e furados. Havia mais de três flautas, cada qual com um número diferente de furinhos.

Havia, também, quatro chocalhos. Cada um de um tamanho e cores diferentes. O casco das três tartarugas, ocas, funcionaria bem como tambores, imagino eu. E outros instrumentos mais, que eu não tinha tempo para pesquisar melhor.

O ambiente seguinte parecia ser a cozinha. Uma abertura na rocha, abaixo de uma entrada de ar, guardava restos de lenha que ainda "fumaçavam". Diferentes peças de cerâmica, como minha vó guardava em sua casa, estavam penduradas em tocos de raízes nas laterais de cozinha. Todas as cerâmicas tinham a mesma borda parecendo uma corda trançada igual àquela, diferente das demais, que eu tinha visto no Museu da Terra Guarani.

Havia, ainda, um cesto de vime com mandioca e algumas batatas; e outro cesto com bananas, alguns cajus, maracujás e goiabas. Colheres de pau, cabaças e cacimbas, como as que havíamos visto nas ocas da Amazônia, estavam depositadas em um grande pote de cerâmica. Definitivamente, coisa de índio. Sinistro!

No quarto ao lado encontrei, em um dos cantos, o que parecia ser uma cama de casal. O colchão tinha sido feito de diversas camadas de folhas de palmeira, entrelaçadas umas às outras. Pensei em me deitar e descansar um pouco, quando mais uma vez ouvi chamarem por Juma.

Saí do quarto e vi, do outro lado da sala, um casal de índios. A índia estava meio escondida por uma sombra, mas o índio deu para ver bem. Grande pra caramba! Cabeludo, superqueimado pelo sol e usando uma tanga! Tinha, também, uns colares no pescoço.

Estavam de pé e atrás deles havia uma mesa de pedra. Isso mesmo, tampo de pedra apoiado em uma pedra menor com três pedras pequenas ao redor do tampo, como se fossem os bancos da mesa de jantar. Acima do tampo, uma cesta de vime depositada.

Aproveitei que não estavam me vendo e fui me aproximando um pouco mais para poder vê-los de perto. Sempre me escorando na lateral da caverna e de olho na onça. Queria ver a índia, que parecia estar carregando um bebê no seu colo. Pé ante pé eu fui me aproximando deles, com todo o cuidado possível para não fazer barulho.

Foi então que Juma abaixou-se e colocou o coelho morto no chão, aos pés do grandão. Nisso, a índia saiu da sombra que escondia seu rosto, trazendo uma criança de colo. Ao ver o rosto da índia eu não contive o espanto e gritei bem alto: "Nahara, é você mesma?".

18
reação explosiva

Claro que não era Nahara! Apesar de serem idênticas, aquela índia não era e nem poderia ser a Nahara. Afinal, como ela teria chegado ali?

Tarde demais. Ao ouvir o meu grito, a onça se virou e partiu em minha direção, apesar de eu ainda estar invisível naquele momento. Quis me virar para fugir dali, mas bati o cotovelo numa pedra pontuda e soltei meus cristais no chão.

Ouvi o rugido da onça e pensei: 'tô' morta! Apesar de estar em uma área de sombra, eles me viram. Tropecei. Caí sentada no chão e mesmo antes de voltar meus olhos para cima já podia sentir o bafo quente da Juma no meu rosto.

Ela se debatia, porém, não conseguia me morder porque alguém a segurava pela coleira. Levantei minha cabeça um pouco mais e pude ver meu amigo Viajante do Tempo, que segurava Juma pela garganta.

Percebi que Juma trazia em seu pescoço uma espécie de coleira, com uma pedra verde presa na parte da frente. Talvez se tratasse de um dos cristais que eu procurava.

Nesse momento, o Viajante apontou-me a minha turmalina, que eu havia deixado cair no chão, e fez sinal para que eu a pegasse. Eu entendi o que ele pretendia com aquilo. Rapidamente, peguei a pedra do chão e mostrei-a para Juma, que olhou para a turmalina e começou a se acalmar.

Pouco tempo depois, Juma recuou e deixou-me levantar do chão. Entendi que ela não iria mais me atacar. Guardei as pedras no bolso da calça, pois já tinha sido descoberta. Criaria a maior confusão se me tornasse invisível na frente deles. No mínimo iriam me achar uma deusa! Resolvi encarar os fatos e falei:

– Oi, galera – foi só o que me ocorreu na hora.

Achei que não tinha nada a ver dizer "hau" como nos filmes de *cowboys*. Eles se entreolharam, como que sem entender o que eu tinha falado. A índia parecia que queria rir, mas o índio, que devia ser seu marido, não estava para brincadeiras. Ela colocou a criança no cesto e começou a caminhar em minha direção. O maridão quis segurá-la pelo braço, mas ela o fez entender que não devia ter medo e ele a deixou seguir.

A índia parou na minha frente e perguntou:

– Você me entende?

Foi isso o que eu ouvi, mas não foi isso o que ela falou. Por alguma razão, que eu desconheço, ela me compreendia, apesar de eu falar português. Por outro lado, eu conseguia entender o que ela falava na língua dela.

Balancei a cabeça positivamente e ela me estendeu a mão. Foi quando pude ver seu sinal de pedra das fadas. Igualzinho àquele que trago em minhas costas e àquele que Nahara traz consigo, no mesmo lugar que o desta índia.

Mais uma vez, uma corrente de energia percorria meu corpo ao lhe apertar a mão. Agora eu já estava me acostumando com isso. Mas para a índia foi um enorme susto! Como quem acabou de tomar um choque, ela deu dois passos para trás e perguntou-me o que estava acontecendo. Olhei para ela e disse: "é melhor puxar um banquinho, porque esse papo vai demorar".

Sem falar sobre a minha busca pelos cristais místicos, contei-lhes que eu estava em um barco, passeando com meus pais pelo rio Iguaçu, quando escorreguei e caí na água. Em poucos segundos eu fui arrastada para perto da queda d'água, que me lançou para o fundo do rio. Pouco depois eu emergi, no meio do lago que tem lá atrás, no começo desta caverna. Por sorte, ou azar, eu escolhi a passagem que havia me levado até ali. Mas, em verdade, o que eu queria mesmo era encontrar o caminho de volta para os meus pais e a cidade.

Enquanto inventava essa historinha, pude observar como ela era carinhosa com o bebê, que brincava com o cabelo e o colar da mãe. O maridão não tinha entendido nada do que eu disse. A índia, então, deu uma resumida e contou para ele o que acabava de ouvir. Ele resmungou algo que não entendi, mas percebi que ele estava danado da vida com a minha presença.

– O que está acontecendo? Ele não gosta de mim? – perguntei.

– Não é isso, 'índia pequena'. Ele tem medo de que você saia daqui e diga a todos onde estamos escondidos.

– Meu nome é Giovana e não sou nem índia, nem pequena. O pediatra disse que estou bem no meio da curva de crescimento para meninas da minha idade.

– Não entendo o que você diz, mas você é índia, sim! – disse ela, querendo sorrir. – Agora, sente-se e escute: me chamo Naipi e este é Tarobá. Nós viemos para cá, há alguns anos, fugindo de outros índios de minha tribo que queriam me levar de volta para eu ficar adorando o deus que eles adoram. Eles não aprovam a minha união com Tarobá. Nós não queremos voltar para a tribo, antes que Potyra, nossa filha, esteja crescida o suficiente para seguir sua vida sozinha.

Nesse momento ela fez uma pausa e olhou carinhosamente para a sua família. Voltou-se para mim e continuou dizendo:

– Por enquanto, tudo tem dado certo. Juma nos protege e mantém os curiosos afastados daqui. Além disso, nos ajuda na caça. O lago nos provê de peixes em abundância e de água para beber. A mata está repleta de frutas, legumes e raízes. Dela, também extraímos nossos remédios. Não queremos que esta paz seja perturbada.

– Fiquem tranquilos, eu não vou contar nada para ninguém, eu juro! Só quero poder voltar para onde estão meus pais e meus amigos. Vocês precisam me ajudar – nesse instante me ocorreu uma coisa –, olhem isso:

Baixando a alça da minha camisa, mostrei a ela minha marca de Cruz das Fadas. Ela mostrou-se espantada com o que viu. Apontou para a minha marca e disse ao Tarobá:

– Veja! Ela também traz a marca, a mesma marca que eu carrego comigo. Acredito no que ela diz. Podemos confiar nela. Não contará a ninguém onde estamos.

Ele não se mostrou muito satisfeito. Apesar disso, daí em diante os dois começaram a me contar como havia sido a fuga deles de sua antiga tribo. Quantas dificuldades tiveram que ultrapassar até chegar naquela caverna. Me contaram como foi o nascimento de Potyra, sozinhos na caverna. Tarobá cortou o cordão umbilical de Potyra usando os próprios dentes! Sinistro!

Também me falaram sobre uma tribo oculta da Amazônia. Foi de lá que partiram os primeiros índios que traziam a Cruz das Fadas gravadas em seus corpos. Uma história muita confusa sobre uma "grande pedra caída do céu", que mudou a vida de todos daquela aldeia.

A índia preparou o coelhinho, que foi assado em folhas de bananeira. Comemos algumas frutas de sobremesa. Minha avó sempre disse que a fome é o melhor tempero. Talvez por isso eu tenha adorado o jantar. Estava morrendo de fome e lembrei-me de meus amigos, em especial do Lipe, que devia estar faminto. Senti saudades.

Durante nossa conversa fiquei reparando como ela era parecida com Nahara. O rosto redondo, os olhos verde-amendoados, o cabelo ondulado e o jeito de falar. Não sei se é bisa ou tetravó, porque eles não faziam ideia do ano em que estavam, mas o fato é que acabava de achar uma ancestral da Nahara.

Conversa vai, conversa vem, eu perguntei se podiam me levar de volta para casa, para fora da caverna. Percebi, depois de uma breve discussão dos dois, que o Tarobá queria me manter ali, vivendo com eles, para não correr o risco de eu contar a ninguém sobre o paradeiro deles.

Naipi, eu acredito, iria convencê-lo a me soltar, mais cedo ou mais tarde. Entretanto, eu tinha que voltar para o meu tempo. Sabia que meu tio notaria minha falta a qualquer momento.

Tarobá interrompeu nossa conversa e disse que tínhamos que dormir. Deixar a conclusão desta questão para o dia seguinte. Mas eu não queria acordar ali no dia seguinte!

Bem. Eu queria acordar ali, mas em outro tempo. No meu tempo!

19
a pequena índia sumiu

Eu precisava voltar! Foi então que tive uma ideia. Falei para Naipi que queria fazer xixi. Ela concordou em me levar no 'matinho'. Era do que eu precisava. Potyra dormia em seu colo. Então, carinhosamente ela colocou-a no cestinho e com os olhos pediu a Tarobá que tomasse conta da filha.

No caminho, pensei em pedir para Naipi me deixar fugir, mas depois achei que seu marido poderia brigar muito com ela e preferi não seguir com essa ideia. Fomos conversando sobre a vida na caverna e percebi, então, que ela não era tão triste assim.

Eles se amavam muito e passavam o dia na beira do rio. Ora pescando, ora caçando, construindo móveis e artefatos para a casa. Ele era muito hábil em fazer coisas em madeira ou esculpindo rochas. Ela gostava de costurar em couro e fazer caçambas e peças de barro. Assim, o dia passava rápido.

No salão do grande lago ela me contou para onde iria cada uma das passagens. Duas eram sem saída e uma era usada como 'banheiro' por Juma, pois tinha uma água que corria para fora da gruta ao fundo.

Seguindo pela passagem que nos levaria para fora, pude ver diversos desenhos na parede, que pareciam feitos por crianças. Naipi, então, me contou que era ela quem os fazia e que aqueles desenhos representavam um pouco da história de amor vivida por eles.

Nas paredes de rocha estavam gravadas cenas que representavam sua fuga dos membros de sua tribo. Depois, mostravam o dia em que encontraram a caverna, os dois abraçados vendo o sol nascer e, por fim, o último desenho trazia os dois embalando Potyra.

Perguntei-lhe se os membros de sua antiga tribo sempre viveram às margens daquele rio. Ela me disse que sua mãe contava que seus antepassados e um pequeno grupo de índios fugiram de uma antiga tribo no interior da Amazônia.

Naquela tribo havia paz e tranquilidade, pois a tribo não ficava perto do homem branco. Ninguém ficava doente, nem ficava velho, entretanto, as pessoas não podiam ter filhos e para isso precisavam sair da tribo.

Todos que decidiram sair nunca mais voltaram. Não porque não quisessem, ela acredita, mas porque não encontraram o caminho de volta.

A conversa estava superinteressante quando chegamos ao lado de fora da caverna. A saída estava coberta por uma cortina de vegetação, tipo folhas de samambaia gigantes, bem maiores que as que mamãe tem em casa. Não dava para desconfiar que ali atrás estava o esconderijo de Naipi e Tarobá.

Quando terminei de ajeitar minha bermuda eu percebi que Naipi me olhava atentamente. Foi então que me caiu a ficha de que minhas roupas eram bastante moderninhas para aquela época. Bermuda jeans, uma batinha amarela e a sandália de couro trançada. Ainda bem que eu não estava de tênis, pensei. Como iria explicar tanta evolução?

Ela me perguntou de que era feita minha roupa e eu desconversei dizendo que tinha sido feita pela minha mãe, uma ótima costureira, e que meu pai era ótimo em trabalhos com o couro. Ele que tinha feito minhas sandálias.

Começamos o caminho de volta e eu retomei o assunto sobre a tribo misteriosa, para desviar a atenção dela da forma como eu estava vestida. Queria saber por onde eles e os seus antepassados passaram antes de chegar em Foz.

Ficamos boa parte da noite conversando sobre a viagem de seus ancestrais. Ele me disse que partiram navegando por um rio de águas muito escuras até encontrar o rio-mãe.

Perguntei-lhe o porquê desse nome e ele me disse que se tratava da "mãe de todos os rios". Todos os rios chegavam ou saíam dele, segundo disse. De uma margem não se via a outra. "Do tamanho do mar, só que de água doce".

Ela me disse que quando o rio de águas negras encontrou o rio-mãe, ficou tudo misturado, como "um grande redemoinho de água marrom e negra".

Segundo Tarobá, após saírem do lugar que eu supus ser o Amazonas, pelo Rio Negro, percorreram dias e noites navegando através de diferentes rios. Paravam para se proteger das tempestades e abastecer as canoas com comida. Parte da tribo parou e se estabeleceu quando chegou em um lugar com muito verde e uma grande área plana. Porém, essa área permanecia alagada em boa parte do ano. E era repleta de jacarés.

Uma parte do grupo, incomodada com a aproximação do homem branco que matava os jacarés por causa do couro, decidiu seguir viagem e foi montar a tribo em lugares diferentes, onde houvesse bastante água para beber e pudesse pescar e caçar livremente.

Ao final de muitos anos navegando pelos rios em direção ao sul, um pequeno grupo chegou aqui, disse ele. Entendi que havia chegado às margens do Rio Paraná.

Depois de ouvir um monte de histórias que poderiam me ajudar a identificar o caminho percorrido pela tribo, lembrei-me de que precisava retirar de Juma o cristal mágico que ela trazia em sua coleira. Mas como?

Já tínhamos chegado ao 'salão do lago' e entrado na caverna que nos levaria para a parte que eles faziam de casa.

Neste momento me ocorreu preparar minha fuga. Quando chegamos à bifurcação onde avistei Juma pela primeira vez, disse para Naipi que tinha perdido minhas pedrinhas da sorte. Sugeri que, provavelmente, eu as tinha deixado cair enquanto fazia xixi no 'matinho'.

Ela não queria me deixar voltar sozinha de jeito algum, mas, por sorte, Potyra tinha acabado de acordar e estava aos prantos. Tarobá estava chamando por Naipi. Ela olhou para mim, bem nos meus olhos, e disse:

– Potyra tem fome. Preciso dar-lhe de mamar. Vá, Giovana! Vá buscar suas pedrinhas, mas não se demore. Pedirei a Tarobá e Juma que sigam ao seu encontro.

Ela não precisou falar duas vezes. De um pulo eu estava de volta ao 'salão do lago'. Entretanto, apesar de estar com os meus cristais místicos no bolso da calça, eu não conseguia me concentrar para fazer a viagem de volta.

Meus pensamentos estavam voltados para o que acontecia na 'casa' deles. Naipi e Tarobá estavam conversando e falando alto. Potyra não parava de chorar. Acho que estava doente. Nunca vi uma criança tão vermelha e, além disso, Naipi dizia que ela estava muito quente. Deve ser febre, pensei. Tomara que não piore.

Logo depois, ele começou a brigar com Naipi e eu consegui entender que ele estava perguntando por mim, pois ela contou para ele que eu tinha ido buscar minhas pedrinhas no lado de fora da caverna.

Agora eu estava 'frita'! Ouvi os passos de Tarobá e de Juma deixando a casinha deles. Segurei as pedras em minhas mãos, fiquei invisível e tentei me concentrar para viajar para o futuro, mas, nada. Pouco tempo depois, Juma e Tarobá entraram na sala do lago.

Como eu estava invisível, eles não conseguiram me ver. Mas Juma percebeu que eu estava ali. Antes de passar pelo portal que a levaria para fora da caverna, ela parou, virou a cabeça e, mesmo sem me ver, olhou fixamente na direção de meus olhos. Sinistro!

Por mais que tentasse, eu não conseguia saltar para o meu tempo. Já estava quase chorando e entrando em desespero quando, então, meu amigo Viajante do Tempo apareceu mais uma vez para me ajudar.

Saindo das sombras da primeira caverna à esquerda, veio até mim, parou em minha frente. Trazia, na sua mão esquerda, um cristal vermelhinho, lindo de morrer, e, na mão direita, um cristal meio verde/meio vermelho. Assim como Nahara havia previsto, ele também tinha dois cristais místicos. Antes que ele dissesse qualquer coisa, eu tomei coragem e perguntei:

– Quem é você? Como sabe que eu estava em perigo e por que sempre aparece para me ajudar?

– Sou um amigo. Quero ajudá-la a recuperar os cristais. Por ora, é só o que eu posso lhe dizer. Não temos tempo a perder.

Dizendo isso, ele fechou os olhos e baixou a cabeça, deixando sumir seu rosto em meio à sombra de seu capuz.

Ele posicionou, então, os dois cristais dele acima da minha cabeça deixando à vista a sua marca da Cruz das Fadas em seu pulso. Calmamente, com a voz rouca e suave, falou-me:

– Giovana, concentre-se.

Aí, foi muito sinistro! A energia que saiu de seus cristais podia ser vista no ar. Feixes de luz vermelha e verde encheram o ambiente, ricocheteando nas paredes da caverna como fogos de artifício. Um intenso calor percorreu meu corpo a partir da minha marca da Cruz das Fadas. Senti um imenso formigamento e em pouco tempo eu estava flutuando, mais uma vez, no salão do lago.

Antes de fechar os olhos, porém, pude ver meu amigo Viajante do Tempo desaparecer. Juma e Tarobá entraram no salão e ele gritou assustado para Naipi, algo que deveria significar: "A pequena índia sumiu!".

20
e agora, Gigi?

Quando retornei ao salão do lago, no tempo atual, o que vi me deixou muito preocupada. Como eu havia previsto, a pescaria fora um fracasso. Vi poucos peixes miúdos jogados no chão e apenas dois lambaris mais gordinhos, que não seriam capazes de alimentar nem a Manu, quanto mais a mim ou ao Lipe. A fogueira estava acesa, se é que se podia chamar aquilo de fogueira. O fogo fazia força para se manter vivo queimando a pouca madeira úmida que ainda restava. O 'tubo geiser' que a Clara e o meu tio haviam construído era de fazer chorar. Dava para ver o esforço que empregaram no projeto. Entretanto, a água que caía dentro da calha vazava por todos os lados. A pouca quantidade que chegava à sua extremidade não tinha pressão para remover a terra em volta das pedras. Além disso, estavam apontando o filete de água para a passagem errada.

Aposto que a Manu também propôs adotar o uni-duni-tê para escolher a passagem certa e, por isso, estavam jogando água na passagem que eu também tinha escolhido primeiro. Mas aquele caminho levaria à caverna que a Juma usava como banheiro!

– Aí não, tio. Aí é o banheiro da Juma – eu gritei.

– Gigi, você voltou! Eu tinha certeza de que voltaria! – gritou Manu.

– Trouxe alguma comida?

– Claro que não, Lipe. Você só pensa em comer! Não comeu peixe o bastante?

– Pior que não. E já acabamos com todas as nossas reservas.

Meu tio olhava fixo para mim, como que aguardando uma explicação para o meu sumiço, mas Clara se antecipou a ele e disse:

– Tio, ainda temos muito para fazer antes de conseguirmos sair daqui. Depois, Giovana terá bastante tempo para nos contar onde esteve – e, me abraçando carinhosamente, perguntou:

– Você está bem? Comeu alguma coisa? Deu tudo certo?

– Comi, sim. Não se preocupe, "imã". Mas, apesar de ter estado bem perto dele, não consegui trazer comigo um dos cristais desaparecidos. Se eu te contasse que ele estava no pescoço de uma onça-parda, você acreditaria?

– Sinistro! – interrompeu-me Manu, me imitando.

– Agora, vamos tentar sair daqui – falou meu tio, tentando nos manter otimistas. – Se tudo der certo, logo logo vamos conversar mais sobre o seu sumiço. Mas lá fora. Você disse que aqui é o banheiro da Juma. Quem é a Juma? Bem, deixa pra lá. Vamos seguir com o plano original.

– Não, pai. Por aí não vai dar certo – interrompeu Manu que, olhando para o Lipe, acrescentou – acreditamos no que a Giovana fala.

– Tio, acho que chegou a hora de te contarmos uma coisa. Uma história muito estranha e bizarra, mas de que você precisa tomar conhecimento para acreditar em nós – concluiu Clara.

Os minutos seguintes foram dedicados a fazer um 'resumão' de tudo o que sabíamos até ali sobre os cristais místicos. Também aproveitei para contar aos guardiães parte do que tinha acontecido na caverna e como conheci Naipi, Tarobá, Potyra e Juma.

Meu tio esteve conosco em todas as viagens e também na casa do Alto, no dia da festa de aniversário em que eu "desapareci". Entretanto, daí a acreditar que o meu suposto sumiço foi para fazer uma viagem no tempo... Tudo aquilo pareceu a ele um grande 'delírio coletivo'. Foi esse o termo que ele utilizou.

– Meninos, não temos tempo para histórias fantásticas. Precisamos sair logo daqui. Você está certa, Gi, quando diz que utilizamos a sorte para a escolha dessa passagem. Não faz diferença, para mim, qual passagem tentaremos abrir primeiro. Enfim, vou seguir sua sugestão e desviar a calha para a passagem que vocês escolheram. Serei democrático – concluiu com um sorriso carinhoso no rosto, como que nos dando um voto de confiança. – Então, qual é a saída 'certa'? Você poderia nos dizer, Giovana?

Apontei para eles a passagem que nos levaria ao lado de fora e trabalhamos juntos para redirecionar a canaleta. Pouco tempo depois estávamos prontos para abrir a comporta que liberava a água represada. Quanto o tio puxou a tampa, o barulho da água correndo pela calha rompeu o silêncio na caverna:

CHUÁÁÁÁÁ

A água desviada correu pela calha e o pouco que chegou na sua ponta escorreu pela parede que bloqueava a passagem. Porém, sem força suficiente para descalçar as pedras.

Pouco a pouco, entretanto, a água foi amolecendo as juntas que foram ficando mais frágeis e, ao serem raspadas, viravam lama de argila. Manu viu um pequeno camundongo passando por um buraquinho que havia na junta de uma pedra perto do chão, à direita do portal. Meu tio sugeriu que tentássemos descalçar aquela pedra e assim foi feito.

Com a ajuda de uns poucos pregos que removemos de velhas canoas e gravetos colhidos do chão, nos revezamos na função de raspar as juntas de uma daquelas pedras. A terra foi saindo lentamente e, depois de um bom tempo, conseguimos fazê-la rolar para o lado de fora. Do buraco aberto, um montão de morcegos invadiu o salão do Lago. Gritaria geral!

O esforço para remover essa única pedra tinha sido enorme e a abertura que foi feita não era suficiente para que um de nós passasse para buscar ajuda. Cada um de nós se sentou onde pôde para descansar.

Eu podia ouvir o estômago do Lipe roncando, a Clara suspirando e a Manu fungando. Perguntei-lhe se estava chorando, mas ela negou. Disse que era alergia, mas em verdade eu sabia que ela disse isso para não admitir que estava chorando. Não queria contaminar a gente com sua falta de esperança.

Estávamos bem desanimados, com frio e com fome, quando ouvi alguma coisa vindo do buraco que tínhamos acabado de fazer.

– Vocês ouviram isso?

– É meu estômago.

– Não, Lipe. Esse barulho foi diferente. O barulho do seu estômago eu já conheço.

– Eu também ouvi, Giovana. Parecem passos – completou meu tio.

– Estou vendo uma luz, que parece de lanterna – falou Clara, que já estava encostada no buraco da passagem. – É sim. É luz. SOCORRO! ESTAMOS AQUI.

– Quem está aí?

– Sou eu, Jack – e ainda pudemos ouvir alguém dizer "graças a Deus, estão vivos".

– Que Jack?

– Jack Sparrow. Mas fique tranquila. Não viemos aqui para roubar seus cristais mágicos. Estamos aqui com meu pai. Esperem um pouco, que ele foi buscar algumas ferramentas que guarda no carro.

Pouco tempo depois, o esforço conjunto da equipe interna e dos Piratas, do lado de fora do salão do lago, surtia efeito. Eu estava feliz, porque parecia que íamos sair dali e encontrar todo mundo lá fora. Porém, naquele instante me bateu uma profunda saudade de Naipi e Potyra. Será que elas ficaram bem? Potyra parecia tão doentinha...

Pensava nisso quando o tio bateu com o bastão que usava para mover as pedras maiores em alguma coisa que ecoou diferente: um som meio oco. Pouco a pouco, a água que caía da canaleta foi limpando o que parecia ser uma das caçambas de barro que Naipi fazia, com a borda trançada. Porém, uma das grandes!

A água descalçou a base da caçamba de barro que rolou, caiu no chão, e quebrou-se, deixando à mostra um pequeno esqueleto. Ficamos em estado de choque! Não era de nenhum adulto, pensei.

– Potyra! Ela não resistiu – sentei no chão e pus-me a chorar.

– O que foi, irmã? Potyra é a neném?

Aos soluços, eu confirmei que Potyra era a filha de Naipi e Tarobá. Todos me ouviam com muita atenção enquanto a Clara me abraçava e tentava me acalmar.

Enquanto isso, a água continuava caindo e lavando os restos mortais que estavam na caçamba. Eu ainda não tinha conseguido me recompor quando meu tio me interrompeu, dizendo:

– Giovana, espere um pouquinho. Essa aqui não é a neném

que você conheceu. A não ser que ela tenha caninos iguais aos dos grandes felinos.

– Como assim? – perguntei, aflita.

– Olhe, Gi. É verdade! Veja que dentões – disse Manu.

Eu, Clara e Lipe nos aproximamos do esqueleto e, de fato, não era de Potyra, mas sim de Juma.

– Giovana, olhe aquela coleira! – Clara apontou para a gargantilha que Juma usava e que trazia, intacta, uma pedra verde presa em sua frente. Certamente um dos cristais místicos que estavam perdidos.

– Caraca! É mesmo – falou Manu. – Mas quem teria enterrado a Juma aí?

– Seja quem for, sabia que esta era a passagem que teríamos que abrir para sair da caverna.

– Isso mesmo, Lipe. E faço uma ideia de quem possa ter sido.

Claro que foi meu amigo Viajante do Tempo. Aposto que também foi ele quem lacrou as passagens, pois queria que eu pegasse o cristal mágico desaparecido ao desbloquear o caminho da saída. Mas, quem seria ele, afinal?

– Uhu! Conseguimos achar um cristal – gritou Manu. Em seguida estávamos todos pulando e nos abraçando loucamente.

– Chega de comemoração, pessoal. Vejam! – disse Lipe – Os Piratas conseguiram ampliar a passagem. Acho que agora falta pouco.

Lipe estava certo. Ao mesmo tempo em que os primeiros raios de sol atravessaram as fendas do teto e iluminaram a caverna, nós conseguimos romper a passagem que nos levaria para fora. Meu tio interrompeu o curso da água para que pudéssemos atravessar a abertura, quando ouvimos um outro barulho vindo do alto:

– Vocês estão ouvindo isso? – perguntei.

– Deve ser o barulho das asas dos morcegos batendo.

– Não, Lipe. Parecem helicópteros.

– Isso mesmo, pessoal – disse Jack. Acho que são helicópteros que estão à sua procura. À noite eles interromperam as buscas, mas retomaram agora de manhã.

– Então vamos logo. Temos que sair daqui e fazer um sinal para eles. Tragam as tochas.

21 fim desta jornada

A caverna que nos levava para fora era aquela em que eu tinha atravessado com a Naipi momentos antes para fazer xixi. Algumas paredes estavam cobertas por um musgo frio e úmido, assim como no meu sonho.

Entretanto, aquelas paredes nas quais Naipi desenhou guardavam suas gravuras em perfeito estado. Eram os "nozinhos" que ela havia deixado para mim, assim como meu pai fazia antes de sair de casa, para me indicar que ela havia estado ali.

Quando estivemos juntas aqui, da última vez, as gravuras de Naipi terminavam com a chegada de Potyra. Agora, havia vários desenhos novos que mostravam Potyra crescendo. Brincando com Juma. Ficando adulta e acenando para os pais ao deixar a caverna, com uma espécie de mochila nas costas.

Não pude deixar de me emocionar e chorei mais uma vez. Enfim, Naipi e Tarobá conseguiram criar Potyra até que ela estivesse crescida o suficiente para sair da caverna e 'tocar' sua vida sozinha. Os desenhos acabavam ali. Sem deixar claro o que tinha acontecido com o casal da lenda.

Estava pensativa olhando para as últimas pinturas gravadas na caverna e me lembrando de como Naipi era bonita. Como Potyra era fofinha e como Tarobá era preocupado e cuidava com amor de sua família. Manu, então, percebeu algo na parede da caverna, atrás de nós. Pegou a tocha das mãos do Lipe e a iluminou.

– Sinistro!

O desenho que estava ali era bem maior que os demais. Mostrava uma menina de rabo de cavalo e blusa amarela, com seus pés elevados do chão, flutuando. Ao seu lado havia alguém, vestindo uma capa com o capuz sobre a cabeça. Suas mãos, posicionadas acima da cabeça da menina. Ao redor dos dois emanavam diversos raios nas cores verde e vermelho, que preenchiam todo o painel.

Fiquei muito emocionada vendo aquela gravura. As lágrimas rolaram sem vergonha pelo rosto e eu sorri um sorriso de alívio e de vitória. Concluí, ao olhar para aquela enorme gravura, que Naipi me viu partir, escondida na entrada do salão do lago. Fez esse registro nas paredes da caverna para que, um dia, todos soubessem da minha passagem pela sua casa. Imagino como deve ter ficado ao ver minha partida!

Meu tio, que estava olhando fixamente para aquela cena, apontou para a menina de amarelo, olhou para mim e disse:

– É você, não é, Giovana? Assim como nos contou no 'salão do lago'.

Eu olhei para ele, enxuguei as lágrimas e sorri.

– O que você acha, tio?

***

Alguns metros adiante conseguimos sair por detrás das velhas samambaias. Quase uma hora depois, chegamos a uma trilha e vimos um jipe levantando poeira na estrada de barro que passava embaixo daquela ribanceira.

Descemos correndo e conseguimos parar o jipe. Adivinhem quem era?

– E aí, piloto, tudo beleza? – perguntou Lipe ao nosso velho motorista, que vestia um boné com a estampa de uma onça-parda, igualzinha à Juma.

– Lipe, Manu, Gigi, que bom ver vocês vivos! Já estava todo mundo pensando o pior. Menos suas mães, é claro. Elas tinham certeza de que vocês estavam vivos. Coração de mãe.

– Vamos embora, piloto. Leva a gente para casa. Precisamos de um banho, urgente – falou Clara.

BURRRRRP!

– Já sei, Lipe! Você está com fome. – Riu o piloto. Tem um cacho de bananas na mala. Pode comer à vontade.

No caminho para a pousada, Jack e o Capitão Gancho nos acompanharam na van do piloto e nos contaram como foi que o meu amigo Viajante os levou até a caverna.

– Sabe, Giovana, no dia em que você estava conversando com a Nahara na beira da piscina, eu ouvi a história sobre sua viagem ao Amazonas e de como você ficou com a guarda dos cristais místicos.

– Não falei, Gi! Eu sabia que tinha visto ele – interrompeu um Lipe eufórico.

– Quando você me viu, Lipe, eu apenas dei a volta no seu grupo e passei a escutar a história atrás de você. Saí dali fascinado com tudo o que tinha escutado e ao contar para meus colegas piratas ficamos imaginando como poderia ser voltar no tempo para encontrar nossas lendas vivas. Isso virou uma obsessão. Tínhamos que tirar as pedras da Giovana.

– Por isso vocês nos seguiram até o passeio na Garganta do Diabo? – Manu perguntou.

– Isso mesmo. Estava indo tudo bem, até o motor do barco morrer e vocês serem tragados pela cachoeira. A maior desgraceira! Tinha que ver a choradeira geral. Todo mundo achando que vocês tinham morrido.

– A gente ficou no maior remorso! – interrompeu o Capitão. – Pensamos a mesma coisa!

– E eu me senti meio culpado por isso, pois estava perturbando o juízo de vocês com minhas musiquinhas idiotas. Desculpa aí. – Jack e o Capitão alternavam-se na explicação do episódio.

– Tudo bem. Entendi que vocês ficaram com remorso. Mas, como foi que acharam a entrada da caverna? Ela está superescondida. – disse Clara.

– Essa é parte mais apavorante. Meu pai tinha passado o maior sermão na gente. Acho que ele concordou que nós também éramos culpados pelo que tinha acontecido com vocês. Ele sabia que a gente estava provocando vocês e contamos para ele que queríamos pegar os cristais para viajarmos de volta no tempo.

– Também acho. E foi por isso que ele se dedicou ao máximo, junto ao grupo de buscas, para encontrá-los enquanto houvesse alguma esperança – falou o Capitão.

– Isso mesmo! E nos obrigou, a todos os Piratas, a acompanhar as buscas. Meteu a gente no carro e rodou, rodou, rodou em volta do rio a noite toda. Até que...

– Pouco antes de amanhecer, depois de uma curva na estrada de volta, os faróis iluminaram ao longe o que parecia ser uma enorme mariposa, com grandes olhos abertos, no meio do caminho.

– Meu pai reduziu a velocidade à medida que se aproximava da tal 'mariposa', que foi crescendo, crescendo até ficar do tamanho de um homem.

– E era, de fato, um homem. Quando chegamos perto ele abaixou os braços, que seguravam as pontas de uma capa. Aberta, a capa parecia-se com as asas da mariposa.

– Sinistro! Era ele. O Viajante do Tempo.

Os Piratas nos contaram que o pai deles ficou superbolado com aquela aparição. No meio da estrada, um cara encapuzado, parecendo uma maripozão, surgiu do nada e sumiu no meio do mato!

Eles encostaram o carro na beira da estrada e seguiram-no mata adentro. Cada vez que perdiam o meu amigo Viajante de vista ele dava um jeito de voltar até eles e chamar a sua atenção para voltarem a segui-lo. Até que alcançaram o paredão de samambaias.

– Nós chegamos bem a tempo de ver rolar aquela pedra que tapava a entrada do salão em que vocês estavam.

– Dali para frente vocês já sabem o que aconteceu.

– Estamos muito felizes por termos encontrado vocês com vida.

***

Nos dias seguintes, nós fomos a notícia da cidade. Indicamos ao Prefeito onde estava a caverna oculta na qual, supostamente, vivera o casal da lenda.

Ninguém entendeu o desenho em que Giovana estava representada. Muitos não quiseram acreditar que o casal nas ilustrações fosse, de fato, Naipi e Tarobá. Mas não tiveram como negar que aquela caverna serviu de morada para um casal, com filha e um pet, por causa dos desenhos que Naipi deixou pintados.

No quarto do casal foi encontrado o esqueleto de um homem e uma mulher. Deitados um ao lado do outro e de mãos entrelaçadas.

As escavações que se seguiram deixaram abertas todas as passagens. Os artefatos que Naipi e Tarobá produziram foram removidos e ganharam um salão próprio no museu de cera, em memória aos primeiros índios que habitaram aquela região.

É claro que a história dos cristais místicos, de minhas viagens ao passado e do meu amigo Viajante do Tempo permaneceu em segredo. Afinal, dos cinco cristais místicos, falta-me encontrar dois, que permanecem desaparecidos. Onde será minha próxima viagem? Só o futuro poderá dizer.

Apêndice

Propriedades dos cristais

Ágata-fogo
Proteção, amizade, justiça e vitalidade.

Crisoprásio
Pedras de felicidade, amizade, proteção, cura, prosperidade e saúde.

Heliotrópio
Anti-hemorrágico, cura, coragem, força, poder, invisibilidade, vitalidade.

Fonte: http://www.heartjoia.com/[7707]-pedras-significado-cristais-propriedades-gemas

Mata Atlântica

A Mata Atlântica é uma das florestas mais importantes do Brasil. Pena que hoje ela só ocupa 12,4% da área que já foi um dia, quando os portugueses aqui aportaram. Apesar disso, você sabia que ela pode ser vista espalhada por 17 estados brasileiros? Pois é! Será que no seu estado tem? A Giovana já viu a Mata Atlântica no Jardim Botânico do Rio de Janeiro, na estrada litorânea que vai para Paraty e no parque de Foz do Iguaçu, e você? Já visitou algum lugar com Mata Atlântica?

Biomas brasileiros

Deserto do Atacama

O deserto do Atacama fica em San Pedro, no Chile, e tem a característica particular de ser o deserto mais seco do mundo! Os Gêiseres estão localizados a 4.300 m de altitude, no campo geotérmico de Tatio. O vaporzão e os jatos d'água são cinematográficos e duram por quanto tempo for mantida a diferença entre a temperatura da água (que nesta altitude, entra em ebulição aos 80°C) e a temperatura ambiente (que no dia da visita de Giovana era de -4°C).

Usina de Itaipu

Esta represa que foi aqui construída formou o reservatório de Itaipu, que também faz divisa com as fronteiras do Brasil e Paraguai. Para sua construção foram empregados mais de 40.000 trabalhadores. Em sua estrutura foi consumida a mesma quantidade de concreto que seria necessária para construir 210 estádios de futebol iguais ao Maracanã! Além disso, foi utilizada uma quantidade de ferro suficiente para erguer 380 Torres Eiffel. Aquela torre enorme, toda em ferro, que fica em Paris, sabe?

Bacias Hidrográficas

Uma bacia hidrográfica é uma área irrigada por onde escoam as águas de um rio principal e seus afluentes. É formada por toda a região na qual as águas de chuvas, que minam das montanhas, subterrâneas ou mesmo de outros rios, escoam. Toda essa água segue na direção de um determinado rio ou seu afluente, abastecendo-o e dando, assim, volume ao seu curso.

Bacias Hidrográficas Brasileiras

Se você curte as aventuras de Giovana, siga nossa página e faça parte dessa viagem!

@asfantasticasviagensdegiovana

Agradecimentos do autor

Meu primeiro agradecimento é direcionado a você, querido leitor e leitora, que embarcaram conosco na primeira viagem de Giovana à Novo Airão, na Amazônia. As mensagens que recebemos, carregadas de carinho para com aquela nossa primeira viagem, foram decisivas para a concretização deste segundo volume.

Um agradecimento especial à vovó Nika, que esteve presente e muito nos emocionou no lançamento do primeiro volume. Eu sei que, de onde se encontra hoje, ela nos observa feliz por essa nova conquista e nos cobre com suas emanações de luz e amor.

Meu muito obrigado aos amigos que me incentivaram a prosseguir com as viagens de Giovana, aos comentários e sugestões para correção de curso de Ana Lucia Merege, ao profissionalismo e dedicação da Natália, da Juliana, e da supervisão precisa da Ana Cristina Melo que coordena essa editora fantástica que é a Bambolê.

Quero agradecer à Bruna Mendes por mais uma vez ter aceitado nos presentear com seus traços mágicos e carregados de emoção, que deram vida aos nossos carismáticos personagens. Seu talento tem sido fundamental para o sucesso da obra.

Agradeço à minha querida mãe, por estar sempre a meu lado, meu irmão Fabio, minha cunhada Luciana e meus sobrinhos João, Ana e Carolzinha, por me ajudarem a enriquecer esta história com suas experiências em Foz do Iguaçu.

Por fim, deixo meu agradecimento mais que especial para a Lulu, filha amantíssima, revisora incansável e presente em todas as etapas deste processo, para a Bia, filha querida, por ser esse doce de coco ralado, que me inspirou a criar a heroína da nossa história, e a minha esposa, Bel, pelo apoio incondicional e suporte emocional sem os quais eu não teria vencido mais esta etapa.

Sobre a ilustradora

"Sou de Santa Catarina, estado onde vivi toda a minha vida. Me formei em 2012 em Design Gráfico, profissão que exerço até hoje, paralelamente à ilustração. Desenho desde que me entendo por gente e não pretendo parar tão cedo. Acho incrível poder traduzir histórias em imagens e, com isso, ajudar crianças e adolescentes a viverem momentos incríveis ao lado de personagens muito legais, como são todos os deste livro. Acredito muito na leitura como uma janela para o mundo e, quanto mais cedo a gente aprende a gostar de ler, melhor. Por isso, espero que o apelo visual que tento trazer aos livros nos quais trabalho ajude a cativar os pequenos (e os nem tão mais pequenos assim!) para termos cada vez mais adeptos ao mundo incrível da literatura."

Bruna Mendes

Conheça mais sobre o meu trabalho: *www.brunamendes.com.br*

Este livro foi impresso em papel Triplex 250 g/m2 (capa)
e em Offset 90 g/m2 (miolo).